見習い巫女と不良神主が、世界を救うとか救わないとか。

桜瀬ひな

富士見L文庫

目次

CONTENTS

見習い巫女と不良神主が、世界を救うとか救わないとか。

THEY WILL SAVE THE WORLD OR NOT.

0．これが天罰だとか、違うとか。

家に帰ると彼がいた。彼のことは忘れようと思ってもできるものじゃないと思う。銀色の髪にオレンジ色も印象的だけど、何よりあの顔立ち。あれだけ綺麗《きれい》に整った顔なんてテレビで見るアイドルだって霞《かす》んで見える。

だからといって好印象を持っているわけではないのだけど……。

それにしても、彼は何のためにうちに来たのだろう？

おじいちゃんに追い出されて自分の部屋に戻ったものの、窓の外を見れば二人がお宮へ向かうのが見えた。この時間に祝詞《のりと》なんて……、ない。

うん、ちょっとだけ、ほんの少しだけ。と、好奇心を胸にお宮に向かった。

「泉清《いずさや》の御神体はこちらです」

聞こえてくるおじいちゃんの言葉に驚いた。だって、御神体はとても大切なもので私だって見せてもらったことがないのだから。

——見たい。

部外者に見せるなら、私だって見ても多分バチは当たらないはずだ。なんて、我ながら曲がりくねった正論だとは思ったけど、そっと開いた扉から入り込んで、中を覗《うかが》った。

御神体は祭壇の一番上にある。なのにおじいちゃんは祭壇に登らず、裏に回ってる。だから私もそっと裏手に回って首を伸ばした。おじいちゃんが裏の垂れ幕をめくると扉があって、また階段!?

うちってそんな忍者屋敷みたいな作りになってたの？　御神体を隠すために!?　こんな楽しそうなこと、じゃなかった、大事なこと、孫の私にも教えてくれてもいいのに！

なんて考える私を置いて、おじいちゃんはその階段を上っていく。

「どうぞ」

しばらくして降りてきたおじいちゃんの手には、布に巻かれた長細い何かがあった。

あれが御神体？　本当に鞘《さや》だけなんだろうか？

ゆっくりと布をほどいていくのを見るだけでドキドキする。けど、彼が邪魔で見えない！　もうちょっとで見えそうなのに――。

チリーン。

「……え？　あ」

もう少し前に行きたくて身体を伸ばした私は、突然鳴った鈴の音に驚いてバランスを崩して前のめりに。体勢を立て直そうと一歩前に出た足を止めることも出来なくて――。

「きゃあ！」

「世莉《せり》⁉」

「なっ⁉」

私は彼にぶつかって、その彼はおじいちゃんにぶつかりそうになって、そこはなんとか避けられたけれど、彼の手が御神体の布に引っかかって、そうなるとおじいちゃんの手から御神体がすり抜けて、その下には私がいて、御神体が落ちてくる――⁉

「……あれ？」

痛く、ない？

衝撃に備えていたのに、落ちた音もしない。そっと顔を上げると、おじいちゃんはこの世の終わりみたいな顔をして、彼はというと驚いた顔もイケメンでちょっとムカついた。

「せせせ世莉？　おまままま　がっ！」

口を開いたかと思うと舌でも噛《か》んだのか、おじいちゃんは口元を押さえて悶絶《もんぜつ》してる。

もう、ちょっと落ち着けばいいのに、とは思うけど、あれ？　御神体は？

「――出せ！　今すぐ俺にっ！」

「きゃあ！　ちょっ、何を⁉」

バシッ――……。

私に伸ばされた彼の手が、大きな静電気で弾《はじ》かれた。ってこれ、本当に静電気なの？

弾かれた彼は痛みに顔を歪《ゆが》めて、上から私を睨《にら》みつけた。

「なんで、俺を拒む？」

「は？　なんでって……、いや、ちょっと待って」

「せっ、世莉っ！　お前、なんとも無いのか⁉」

「わ、たし？　えと、別になんとも無いけど……」

「どういう……、ことなんだ？」

おじいちゃんも彼も酷《ひど》く驚いている……？　一体、何が起きたんでしょう？

「なんでお前の中に鞘が……？」

……鞘？　私の中……？

自分の両手を開いて見るけど、そこには何も無い。当然だ、手の中に収まるような大きさじゃないんだから。そうなるとおじいちゃんの持っていた御神体は――。

「ごっ、御神体がっ、世莉の、お前の身体に入ったのになんとも無いのか⁉」

私の、身体に、御神体が……。

「入ったぁ⁉」

神様、これはいつも心の中で悪態をついていた私への天罰ですか⁉

1．これが運命の出会いだとか、絶対に違うとか。

どうして落ち葉は落ちるとゴミになってしまうのか。

枝についている時には、綺麗で誰もが見とれるというのに、落ちてしまうとただのゴミになってしまうそれを、彼女はため息を一つ吐いてホウキで掃いた。

全部風で吹き飛んでしまえばいいのに、なんて罰当たりなことを考える彼女が見上げるそこには、立派な鳥居があった。なんでも由緒ある神社らしいが、その外観は古さしか感じることが出来ず、参拝客もまばらで神社経営だけでは生活も苦しいのが現状だったりする。

本当に由緒正しいのなら、お賽銭《さいせん》だけで優雅に生活させてくれないかな？

「あ、なんかやっぱ罰当たりかな？」

そう思いながら、彼女は手を動かして大量の落ち葉をかき集めた。どうせならここで焼き芋とか出来たらいいのに、なんてさらに罰当たりなことを考えながら。

「朝のお掃除、終わりましたー！」

そう言いながら彼女が家に入ると、「お疲れ、ありがとな」と彼女の祖父・尊《たける》から返事。彼はここの神社、「泉清神社《いずさや》」の神主でもある。

「世莉《せり》ちゃん、遅れるわよ？」

母親の真理《まり》に世莉と呼ばれた彼女は「はーい」と学校に行く支度をする。

「それじゃ行ってきまーす」

「行ってらっしゃい、世莉ちゃん」

「世莉、お守りは持ったか？」

「大丈夫、行ってきます、おじいちゃん」

世莉は祖父に見せるようにポケットを叩《たた》いて、玄関を飛び出した。

自転車に乗ってイチョウの並木道を走る。彼女の家は少し高台にあるから行きは下りで気分爽快だが、帰りはちょっとした筋トレだ。もっとも、帰宅部の世莉にはその必要はない。

「久遠《くおん》世莉！　あと3分で遅刻だぞ？」

学校の駐輪場で声をかけてきたのは、同じクラスの真中《まなか》アユだ。

「あー、もう、脅かさないでよ。ってか、アユだってギリじゃない？」

「あはは、本当にね。急いで、先生が来る前に」

「こらー！　遅刻だぞー！」

そんな会話をしていると本物の先生に叫ばれて、二人して「やばっ」と走り出した。

ホームルームも終わり、1時限目の授業が始まる。と、ここまではいつもと同じだったのに、その後が今日は少し違った。

「わ、体育なんだ」

「どれ？　あ、分かった！　あの人ね」

もうすぐ授業が始まるというのに、クラスの女子は落ち着きなく窓の外を見る。

「なんかあったの？」

世莉が気になってそう聞けば、一人が「あのね」と説明してくれた。

「昨日、季節外れの転校生が3年に入ったんだけど、これがすっごいイケメンなんだって！　ほら！　あの人！」

少し興奮気味な彼女が指さす方向には、確かに見慣れない髪の色をした男子がいた。見慣れない、なんて話ではない。彼の髪は白、いや光輝く銀色なのだから。いや、仮に色が黒だとしてもこの距離でも整った顔立ちだと分かるくらい、まるで芸能人のようなオーラみたいなものまで感じる。

「あれは、目立つね……」

世莉がそう言うと、やはり彼女は興奮気味に「でしょ？」と楽しそう。

「でも、あんな髪の色抜いて、先生に怒られなかったのかな？」

この世莉の言葉に、彼女も周りに居たほかの女子たちも「ん？」と振り返った。

「何言ってんの？　ちょっと明るめだけど、どう見ても地毛の範囲じゃん？」

「ねぇ？」と同意する彼女たちに、世莉は「え？」と驚いてもう一度彼を見た。

「――っ」

「きゃあ！　こっち見た！」

絡んだ視線に息を呑《の》むと、周りの女子たちも黄色い歓声を上げる。そして、さっきは銀色に見えた髪が、ちゃんと普通の栗色《くりいろ》に見えて、世莉は「うそ……」と小さく呟《つぶや》いた。

あの髪の色は、太陽の反射でそう見えただけなのかも知れない。自分の中でそう納得して、みんなと同じように教室を移動する。

「きゃっ、あの先輩だよ」

小さなざわめきに顔を上げると、グラウンドから教室に戻る彼に出会った。

さっきは一瞬だったし、遠かったから『感じる』程度の感想だったが、この距離なら話は別だ。周りの女子が見惚《みほ》れるように、世莉も彼から目が離せない。

背は高くまるでモデルのようなスタイルに、少し長めの髪は不自然なくらいサラツヤで、その奥にある瞳《ひとみ》はオレンジにも見えて神秘的。なにより、切れ長の目に通った鼻筋、その整った顔立ちは１００人が１００人『かっこいい』と評するだろう。

「世莉、見すぎっ」

「え？　あっ」

隣のアユに注意され目を逸《そ》らしたけれど、時すでに遅し。もう彼は目の前で、しかも視線もばっちり合った状態だ。

「なに？」

「いっ、いえっ、何もっ」

そう言って通り過ぎようとすると、「お前――」と彼の伸ばした手が世莉に伸びてきた。

「え？」

振り返って、その指が世莉の肩に触れる直前。

バチ――ッ
強い静電気が走り、彼の手は弾かれるように遠のいた。お互いに驚いて動けないでいると「みかなぎー」と声が聞こえ、彼は「あぁ、今行く」と世莉の前から居なくなった。

「うわぁ、間近で見ると本当にかっこいい。みんなが騒ぐの分かるなぁ」

「……うん」

さっきの静電気はなんだったのか。不思議に思いながら世莉は彼の背中を見送った。

「では図書委員会は、わが校の歴史を発表ということでいいですか？」

放課後の誰もが無関心な会議の中で、図書委員会の文化祭での展示内容が決定された。

「それでは資料集めをお願いします。縦割りで1組2組」

「はい──、え？」

「集めた資料の集約を3組4組、それから──」

委員長は勝手に分担を決めると、「解散」と委員会を終わらせてしまった。


「資料って……ねぇ？」

1組の委員・大谷由紀子《おおやゆきこ》に言われ世莉も苦笑いする。ちなみに世莉は2組だ。あと、3年と1年がいるのだけど……。

「悪いけど、私たち3年は塾があるから」という理由で1年と2年の1、2組の図書委員4人が顔を見合わせてため息をつくことになった。

「3年だからってずるいですよね？」

「なんか納得いかないです！」

そんな会話をしながら図書室で調べもの。

「あ、ここですね」

1年生の一人の声に3人は駆け寄る。そこには、歴代の卒業アルバムがあった。

「これを見たら、昔の校舎とか制服がわかりますよね？」

「うんうん、いつ建て替えたとかもあるだろうし？」

「こんなもんでいいですよね？」

と、全員納得しながら古いアルバムをめくっていくのだけれど――。

「あれ？　昭和38年で終わってる。うちの創立ってここだっけ？」

「もっと古いはずよ。ほらそこにある旧校舎が『新校舎』ってなってるし」

由紀子が指さす写真には、窓から見える取り壊し寸前の旧校舎の建築完成の記事が載っていた。そうなると、これより古い校舎があったはずだ。

「えー、ならこれより古いのって……」

1年生の声に3人が見たのは旧校舎だ。

「確か、向こうにも図書室がまだ残ってるって誰か言ってたよね？」

世莉の言葉に隣で由紀子がこくんと頷《うなず》く。

「必要なものだけ移して、古くて要らないものはそのままだって……」

誰もが聞いたことのある話に、4人は仲良くため息をついた。

「あ、でも鍵《かぎ》って開いてるんですか？」

「先生の許可とかって面倒ー」

そんな1年の声に心の中で同意している世莉の目に、彼の姿が映って思わず「あ」と声を出してしまった。

「なに？　久遠さん」

「え？　あ、うん。あれ……」

世莉が指さす方向には、彼の姿。

「あ、噂の転校生ですね」

彼とは勿論《もちろん》あの転校生で、その彼はというと先生らしき人物と旧校舎に向かっていた。

「あれ？　旧校舎に入っていきましたね？　なんの用事だろう？」

「あ、でもこれって超ラッキーじゃないですか？　鍵も借りなくていいし、もしかしたら御巫《みかなぎ》先輩と話せちゃうかも!?」

興奮する1年生に「みかなぎ？」と世莉が聞き返すと、二人は揃って「はい！」と返す。

「御巫神威《かむい》先輩です！　もう名前までかっこいいですよね？」

ハイテンションの1年に由紀子は「はは……」と乾いた笑いで答え、世莉は「みかなぎ、かむい……」と彼の名前を繰り返したが、難しい苗字《みょうじ》だなぁ、なんて暢気《のんき》に考えていた。

「でも確かに手間が省けてちょうどいいかも。今から行く？」

由紀子の声に1年は「はーい」と答え、世莉も遅れて「そうだね」と歩き始めた。

金属で縁取られたドアは、押すと重苦しくギィと開く。その隙間から流れ出る空気は外よりも冷たく、世莉の背筋をゾクリとさせた。

「……なんか、ドキドキしますね」

それは立ち入り禁止の旧校舎に足を踏み入れる背徳感からか、それとも彼に対するものからなのか、そのどちらだろう？　と考えながら世莉は開けられたドアから一歩足を踏み入れた。瞬間、『チリン……』と鈴の音が聞こえた気がしたが、他の3人には何の変化も無い。世莉は不思議に思いポケットの中のお守りに触れるがやはり鳴らない。

いや、そもそも鳴るはずも無いのだけど……。

彼女がポケットに入れているものは、お守りの鈴だった。けれど、それは不良品で音は鳴らない。祖父はこれを『特別なお守りだ』と言って世莉にくれたのだ。

幼いころ、これを貰《もら》ったおかげで精神的にどれほど助けられたか。

だから今でもお守りとして彼女は常に持ち歩いているが、鳴ったのはこの鈴ではない。

となると、他に誰か鈴を持っているのだろうか？

「先輩ってなんでここに来たんですかね？」

「ってか、どこ行ったんだろう？　会えないかなぁ」

暢気な1年は先を歩き、その後を歩く世莉の後ろで静かにドアは閉まった。

その静けさに思わず振り返ったけれど、「久遠さん？」と由紀子の声に、世莉は「あ、ごめん」と彼女たちに駆け寄る。

旧校舎のつくりはシンプルで、まっすぐな廊下に対し南側に教室が並び、その突き当りが特別教室となっていた。

「図書室って3階ですよね？」

そう言いながら階段を上る1年に続いて、由紀子も世莉も階段を進む。

それにしても、と思いながら世莉はあたりを見回した。放課後とはいえ、まだ日没には遠いというのに、なぜこんなにも暗いのだろう？　それに、信じられないくらい静かだ。この時間、すぐ外の運動場では野球部と陸上部が部活をしているはずなのに、全く聞こえない。旧校舎が今の校舎よりも、防音性に優れているなんて考えられないのに——。

「なんか、寒くない？」

由紀子の声に世莉も頷いた。この旧校舎に入ってから、妙に肌寒いのだ。そして、さっきの鈴の音がまた聞こえた。

「ねぇ、鈴の音が聞こえない？　誰か持ってるの？」

「はい!?　ちょっ、脅かさないでよ！　そんなの聞こえないし！」

「あはは、大谷先輩ビビりすぎ！　ってか、久遠先輩がこーゆーことするなんて思ってもみなかったんですけど、その手にはのりませんよ？」

笑う1年生にハッとして、由紀子は「もう！」と世莉にふくれっ面を見せた。

「そんなんじゃっ」と世莉は反論しようとしたのだけど、さらに頭に鈴の音が響き始めて彼女は顔を歪《ゆが》めた。

そして気づいたのだ。

この鈴の音は耳からではなく、頭に直接響いていることに——。

「それにしても先輩いないですねぇ？　もしかして先輩も図書室かな？」

「きっとそうだよ！　急いで行ってみよっか？」

走り出す1年生の後ろを「ちょっ、待ってよ！」と由紀子が追いかける。けれど、鈴の音がまるで警鐘のように鳴り響き、世莉は頭を抱えるだけでそこから動けなかった。

「あ、ほら！　ここから声が聞こえる！」

「本当だ！　なんて声かけようか？」

「違うでしょ？　私たちはアルバム探すの！」

いけない。

そのドアを開けてはいけない。理由は分からないけれど、こういう時、この直感が正しいことを世莉は知ってる。けれど、足が縫い付けられたようにここから動けない。

「ま、どっちにしても入りましょうか？」

彼女たちが木製のドアに手をかけて——。

「ダメ——!!」

「え？　きゃあぁぁぁ！」

開けた瞬間、真っ黒い煙のようなものが吹き出し彼女たちを襲った。

『シャァ――！』

そして威嚇する獣の声と、真っ黒な空間に浮かぶ光る眼《め》が彼女たちを睨《にら》む。

『ギャァァァア！』

「ちっ、誰だ！　邪魔したのは！」

その煙を真っ二つに切り裂いて、彼は世莉たちの前へ現れた。

「え？　え？　せん……？」

「その、髪……!?」

ここに入る前の彼の髪は普通の栗色《くりいろ》だったのに、今は世莉が初めて見たときの銀髪で、その瞳も赤く光っている。

「お前っ！　逃げろ！」

「え？」

お前と呼ばれたのは世莉で、その声に少し上を見るとどす黒い塊が割れ、そこから鋭い牙《きば》らしきものが浮かび襲い掛かってきた。

それを世莉は悲鳴を上げることも出来ず、ただ見つめるだけで――。

「ちっ」と舌打ちする音に続いて、奇妙な呪文のようなものが聞こえてきた。

けれど、目の前の割れた口は容赦なく世莉を飲みこもうとして――。

バチッ！！！！！

激しい静電気のようなものが世莉を襲い、彼女は後ろに倒れこむように尻餅《しりもち》をついた。ハッとして顔を上げると、そこには世莉に背を向けた彼の姿が見えた。その向こうには黒い塊が苦しそうに悲鳴を上げてもんどりうっている。

「あ、あのっ、あり」

「さっさと連れと一緒にここから離れろ！」

彼に助けてくれたお礼をと思ったのに、そんな言葉も許されずそう言われて、世莉はムッとしたが、苦しそうにもがく黒い塊に視線を奪われてその気も失《う》せてしまった。

「いいか？　また奥の図書室に押し込むからさっさと逃げろよ？」

そう言うと彼は空中に人差し指と中指をかざした。

「臨《りん》・兵《ぴょう》・闘《とう》・者《じゃ》……」

指先を空中に四縦五横の格子を描く。これは九字護身法《くじごしんほう》と呼ばれる作法だ。それを知っていたわけではないが、聞き覚えのある文字の羅列に、彼は本当に助けてくれるんだと理解した。

「皆《かい》・陣《じん》・列《れつ》・在《ざい》・前《ぜん》っ！　退け悪鬼っ！」

彼の描いた九字はまるで光の網のように広がり、真っ黒な塊を包んだ。瞬間バチバチと火花のようなものがはじけ、黒い塊は図書室のドアからその奥へ押し込まれていった。

「早く行け！」

彼にそう言われ、３人はがくがくと震えながらも立ち上がり、世莉のいるほうへもつれる足で駆け寄る。

「く、久遠さんも、早くっ！」

由紀子にそう言われ、世莉も逃げようとしたのだけど――。

『ギャンッ!!』

聞こえてくる悲鳴に足を止めてしまった。

九字《くじ》を切ることが出来る彼は、きっと『悪鬼』と呼ぶさっきの黒い塊を消滅させたり出来るのだろう。

だけど、なぜか分かってしまった。

あれは世莉を襲おうとしたわけじゃなく、ただ人間に怯《おび》えて怖くて、威嚇していただけだということに……。

「先に降りて！　あとで必ず行くから」

「く、久遠さん!?　で、でも」

「大丈夫！　私、神社の娘だから！」

世莉はそう言うと、奥の図書室に向かって走り出した。

閉まりそうなドアに手をかけて、そのまま飛び込めば、

「わっ！」

「うわっ！　ってお前何やって!?」

すぐそこに立っていた彼の背中に思いっきり激突。

「えとっ、すみません！」

「すみませんじゃねぇ！　さっさと逃げろと俺はっ」

「先輩は！　あれをどうするんですか？」

まっすぐに見上げてそう聞くと、彼は怒鳴るのをやめて世莉を冷たく見下ろして、「滅するんだよ」と冷たく言い放った。

「滅する……」

それはこの世から消し去ること。魂を消し去るのだから、仮に輪廻《りんね》の輪があったとしても、それに入ることはかなわない。

今は九字の網にはまり、黒い塊はもがき苦しんでいる。それは先ほどより一回りも二回りも小さくなり、まるで仔犬《こいぬ》のような姿でその目からは涙までも見える。

「そ、それじゃ、魂って消えちゃうんですよね？　あの世には行けないってことなんですよね!?」

「阿呆《あほう》が。今の見た目に騙《だま》されたか。あれはもう悪鬼だ、他の方法なんて」

「ちゃんと元に戻して昇華させてあげたら？　それが出来れば」

「ムリだと言ってる！　そこをどけ！」

「きゃあ！」

押しのけられ床に倒れこんだが、彼はそれを一瞥《いちべつ》するだけで、もがく悪鬼に歩み寄る。世莉はそれを止めようと地面に手をついて、その違和感に自分の手を見た。すると世莉の手は真っ赤に染まって――。

「なっ!?　これ――」

そう口にして顔を上げた瞬間、涙する悪鬼と視線が合い視界がグルンと一転した。

「……なんだ？　これは」

彼も異変に気付きあたりを見回す。そこは同じ図書室なのだが、『今』ではなかった。その証拠に二人の姿は半透明で、代わりに部屋の隅で真っ白な仔犬が二人を見ていた。

「お前、何やった？」

「わ、私は何も――、あっ」

詰め寄る彼の肩越しに影を見つけて声を上げると、彼も振り向きその影を確かめた。それは制服を着た男子生徒で、彼は笑みを浮かべてそこに立っていた。

『ほら、餌だよ』

そう言って彼は仔犬に皿を差し出した。仔犬は嬉《うれ》しそうに『わんっ』と鳴くと、尻尾《しっぽ》をちぎれんばかりに振り彼の足元に駆け寄る。

「これって……」

「こいつの記憶なんだろうな」

　こいつとはさっきまで悪鬼と呼んでいた黒い塊だ。

　仔犬は全部食べ終えると、満足そうにまた『わんっ』と鳴いて彼を見上げる。彼が優しく仔犬の頭を撫《な》でれば、子犬は嬉しそうに目を細める。すると、彼は『もう満足しただろう？』と撫でていた手でその頭を床に押し付けた。

「な、何を⁉」

　世莉の声は届くはずもなく、彼はポケットからナイフを取り出した。

『全く、医者の子だから医者になれとか、うるさいんだよ！』

『ぎゃんっ‼』

「──やっ！」

　そのナイフが容赦なく仔犬の尻尾に振り下ろされ、ふさふさの尾は跳ねて飛び、その悲鳴と世莉の悲鳴が重なった。

『将来の名医に切られて幸せだろ？　なぁ！』

　そう言うと今度は耳をそぎ落とす。

「止めて！　お願いだから止めて──‼」

　がくがくと震える足では彼のところまで行けず、震える手は神威のシャツを摑《つか》むことしかできない。神威は世莉の手を振り払うことなく、ただ男のする凄惨《せいさん》な行いを見つめていた。

　二人の目の前で、男は仔犬の後足を、その次は前足と刃を立てていく。

『やっぱり、仔犬でもうまく解剖って出来ねぇなぁ？』

　彼はクスクス笑いながら最後に腹部に刺して真横に刃を動かすと、そこから内臓が吹き出すように出てきた。もう仔犬の悲鳴は聞こえない。先ほどまで抵抗するように身をよじっていたが、もう動くことすらできない。

　男はその骸《むくろ》をビニール袋に入れると、そのまま部屋の片隅に、先ほど世莉が手をついた場所に放り投げた。そこには、同じような袋が何個も積み上げられていて……。

「——っ！」

　その景色に、世莉は言葉を失った。あの仔犬だけではない。彼は何匹もの犬や猫を殺してきたのだ。

「だからか。一匹のわりに力があると思ったら」

　神威がそう口にするとまた景色がぐるんと変わり、先ほどまでいた『今』の図書室に戻ってきた。その片隅で、九字《くじ》の網の中にいる何匹もの犬や猫が悲しそうにこちらを見つめていた。

「可哀想過ぎる……、え？」

　そう口にする世莉を神威はトンっと押して壁に追いやった。

「そこに居ろ。すぐに終わる」

「……助けて、くれるの？」

「それは無理だと言った」

「で、でもっ」

「こいつらが悪くなくても！　悪鬼である限り他に方法がないんだよ」

罰が悪そうにそう言うとくるりと彼は向きを変えて、悪鬼に足先を向けた。そしてその前で立ち止まり、また二本の指を宙に置いた。

「臨・兵・闘・者……」

九字を切れば、さっきまでの可愛い姿は消え去り鋭い牙や爪を見せはするが、牙を彼に向けることもなくただ苦しそうにもがき苦しむだけ。ある猫はゆっくりと耳が剝《は》がれ落ち、ある犬の尾は焼けるように消えていく。まるであの男がこの子たちにしたように——。

「や、止めて——!!」

「なっ!?」

その姿を見ていることが出来ずに、世莉は神威を押しのけ彼の前で悪鬼をかばうように両手を広げた。

「何をやって」

「もうっ、これ以上苦しめなくていいじゃないですか！」

「このまま悪鬼としてここにいる方が苦しいのがわからないか!?」

「だけどっ、こんなやり方！　もっと他に方法が――」

あるかもしれない。そう叫ぼうとしたとき、足元に温かいものを感じて、世莉は自分の足元を見た。そこには一匹の猫がいて、世莉の足にすり寄っていたのだ。けれど神威の作った九字《くじ》の網が邪魔をしているらしく、うまく動けずもがいては倒れてしまう。だから、世莉はひざを折り九字の網をそっと避《よ》けてあげた。

「おい！」と制する神威に構わずすべて取り去ると、その猫はまた世莉にすり寄ってくる。伝わるぬくもりにそっと頭を撫でてやると、猫は以前の姿を取り戻し可愛らしい姿で「にゃおん」と鳴く。すると他の犬たちも世莉の手に群がり、次々と以前の姿を取り戻していった。誰もが痛みから解放され、安らぎを得たような顔で、世莉の手に温かさを伝える。その姿が余りにも可愛くて悲しくて、世莉の目から涙が零《こぼ》れ落ちてきた。

「……ごめん、ごめんねぇ」

両手を広げると、猫たちは自らその腕に飛び込んで世莉の胸にすり寄った。そして世莉の涙が一匹の猫に触れたとき、温かな光がその猫を包んだ。それは周りの猫や犬たちにも広がって、光は更に輝きを増していく。

「すごいな、お前」

「……え？　私、何も――」

していないはずなのだけど……。

「別れの言葉を。自ら黄泉《よみ》へ行こうとしてるんだ。今はお前の思いがこいつらをここにつなぎとめてる。だから、別れを言ってやれ」

「…………」

みんなの目が世莉を見ている。みんな可愛く、幸せそうに見えた。

「ごめんね。次こそはみんな幸せになって。きっとなれるから——」

だから、さよなら。

そう心で呟《つぶや》くと、光は淡くなり猫たちの輪郭もぼやけていく。そして神威がカーテンを開けると、傾いた太陽の光が彼らを照らして——。

「……消えた？」

一瞬で彼らの姿は世莉の目の前から消えてしまった。

「昇華したんだよ」

「昇華……、そっか、そうなんだ……、えへへ……」

何となく笑いたくて、でもまだ涙も止まらない状態で、そんな世莉に「ほら」と呆《あき》れるような声が落ちてきた。

差し出されたのは一枚のハンカチ。

「要らないなら引っ込めるけど？」

「あ、ありがとうございまっ、ひゃあっ！」

変な言葉になったのは、そのハンカチを受け取ろうとした瞬間、また大きな静電気が起きたから。その現象に彼は険しい顔を見せた。

「……お前、何持ってんの？」

「え？　持って？　いえ、何にも──、あ」

思い当たるのはひとつだけ。そう思って世莉はポケットから鈴を取り出した。勿論《もちろん》取り出してもこの鈴は鳴らないはずなのに。

「それ──、っ！」

世莉が手にした鈴に彼が手を伸ばすと、やはり静電気が起きてさらには鈴の音まで小さく聞こえるから、世莉は「え？」と首を傾げた。

「ちっ、俺を拒むなんて」

「はい？　どういう意味ですか？」と、聞き返したが、彼は「まぁいい」とその手をおろした。

「いずれそれはもらい受けるが、穢《けが》れないようちゃんと持ってろよ？」

「は？　なんか全然意味が分からないんですけど!?」

「別に理解しなくていい。それより下で待ってる奴らの記憶は消すぞ？」

「はい!?　そんなこと出来るんですか!?　あ、そう言えば一緒にここに来た男の人は？」

世莉の発言に神威は「あぁ、見えたのか」なんて言うから、彼女も察してしまった。そう、きっとあの彼は他の人には見えなかったのだ。言われてみればここに来る際も、みんな神威のことしか言っていないことを思い出して、世莉は脱力した。

「あれはな」

「あの『彼』、なんですね」

その答えに神威は満足するように、にんまりと笑った。

「受験に失敗して自殺未遂、その結果昏睡《こんすい》状態で、原因調査。そのために俺はここにきて、そしてさっきまるっと解決。これで説明はいいか？」

「……なんか、納得いかないです」

「別にお前の納得料は入ってないから問題ない」

けれど季節外れの転校生というのも、これで納得がいく。

「……えーと、よくラノベで見るチートな祓《はら》い屋さん、とか？」

「別にチートじゃないし、祓い屋なんてものも知らん。俺は神主だ」

「はい!?　神主!?　神主が九字《くじ》を切るっておかしくないですか!?」

「うっさいな！　陰陽道《おんみょうどう》も極めてんだよ！　っつかお前こそなんだ？」

「って、さっきから『お前』って、私は久遠世莉っていう名前がっ」

「あー！　どうでもいい！　あぁ、全部どうでもいい！　で、どうせお前には術はかかんないだろうから諦《あきら》めるとして、下の奴らの記憶は消すぞ？　覚えててもいいことないからな」

　確かに、あんな怖い記憶なんて忘れたほうがいい。できれば自分の記憶だって消してもらいたいくらいだが、そうなるとあの子たちのことまで忘れてしまうということで……。

「うまくやってくださいね？」

「誰に言ってる？」

「えーっと……、か、神威先輩です」

「なんで下の名前なんだよ？　っつか、なんで名前知ってんだ？」

「……あはは、なぜでしょう？」

　苗字は忘れた、さらに先輩は結構有名人ですよ？　なんて言いたくなくて、世莉は笑って誤魔化した。

　これでよかったんだろうか？　ふと過《よぎ》る考えに、世莉は扉の手前で振り返った。勿論なにもあるはずもなく、眩《まぶ》しいほどの太陽の光の矢が廊下に落ちる。その景色に何となく静かに目を伏せて両手を合わせると――。

『にゃおん』

「え？　今、鳴き声が!?」

「置いてくぞ？　ここの鍵《かぎ》は俺が持ってるからな？」

「ま、待ってください！」

真っ白な尻尾《しっぽ》が二人を追いかけるが、閉じられたドアに邪魔されて……。

こうして、また次の日から何もない普通の日々が始まった。

翌朝の放送で変な呪文のようなものが流れたせいなのだろう。転校生のことは誰も覚えていなかった。すべてがいつも通り。だから、世莉はこれからもこれまで通り平和な日々が続くのだと信じていた。

だが、信じる者は裏切られるのがこの世の常なのだ。

2. 鈴が鳴るとか、鳴らないとか。

あれから数週間が過ぎた。あの犬たちを虐殺した男は意識を取り戻したらしく、その後器物損壊で逮捕されたと、地方の新聞で小さな記事になっていた。そして、文化祭も無事終わり普通の毎日を過ごしている。

「そういえば不審者が出たって」

だからこの不穏な言葉に「え？」と振り返ると、アユは「だからぁ」と続けた。

「先生たちが話してんだけど、髪を派手に染めた不良男が徘徊《はいかい》してるんだって」

「……へぇ」

頭に浮かんだのはあの銀髪の彼のこと。けれど平凡な日々を満喫したいから、その姿を頭の中から排除した。

「ま、こんな田舎で事件なんて起こりようもないけど、ちょっとつまんないよね」

「あはは……」

そう言って小石を蹴《け》るアユに世莉《せり》は笑って誤魔化した。あんな目にあったのだ、平和が一番に決まってる。

帰宅部の世莉は、まだ日の高いうちに自転車に乗る。

「きっとさ、東京とかだったら帰りにカラオケとかカフェとか行っちゃうんだろうなあ」

そんなアユの言葉に、世莉は苦笑いして「そうだね」と答える。ここは田舎でカフェなんてしゃれたものは無いし、カラオケボックスすら無い。

「仕方ないからコンビニの新発売スイーツでも食べちゃう？」

「いいね、それ」

無い無い尽くしの田舎では、二人の寄り道なんてこんなものだ。

「ね、今度の週末は市内に出ようよ。新作のコスメが期間限定販売なんだよー」

「ふふ、いいよ。私も新しいブーツでも欲しいなぁ」

ご近所では雑誌に載っているようなアイテムを手に入れるのはほぼ不可能だ。田舎にはなくても都会にあるものは多い。だから高校を卒業すると出ていく人も多い。大学の数も少ないから大阪方面や、同じ中国地方でも広島とか岡山とか。家の家業を継ぐ人は別として、そうでない人は出ていくことが多く、そして帰ってくることは少ない。

田んぼや畑を手入れするのはお年寄りが多く、放置されている畑も少なくない。それでも過疎化を食い止めようとUターンだのIターンだの、市町村はやっきになっている。

そんな田舎では、普段見かけない人を見かけると必ず大人たちの話題《ニュース》になるのだ。

「あー、早くここから出たいな。で、ネイリストになりたーい！」

それがアユの夢らしい。それを聞きながら世莉は少しだけ自分の未来を考えた。

今は祖父が神主をやっているけど、彼女に後を継げとは言わない。そもそも世莉の母親も忙しい時だけ神社の手伝いをするくらい。

きっと、どんな将来でも選ぶことは出来るだろうけれど、何も浮かばず世莉はアユの言葉に相槌《あいづち》を打っていた。


「ただいまー」

そう口にしながら家に帰る。すると奥から「おかえりー」といつものように母親の声が聞こえてきた。

すべてがいつも通り、なのに足元にある見覚えのない靴に、世莉は首を傾げた。

スニーカーなんて、しかもどう見ても若者向けのそれはこの玄関には似合わない。お客様だろうか？

祖父は神主をやっているから、その手の依頼でお客様が来ることは少なくない。けれど、いつも仕事は社務所で受けるはずなのに……。

不思議に思いながらそっとリビングに行くと、祖父の尊《たける》と目が合った。

「おぉ、世莉、帰ってきたか」

「う、うん。ただいま、おじいちゃ――」

チリーン……。

瞬間、ポケットの中の鈴が共鳴するように鳴った、気がした。気がしたというのは、この鈴は鳴らない不良品だから。なのに、その音が聞こえたかのように、尊のお客様がタイミングよく振り返った。

銀色の髪に茶色よりもさらに色素の薄い瞳《ひとみ》はまるで日本人ではないみたい。いや、そうではなくて、この人は――。

「お前――」

「え？　きゃあ！」

バシッ！

その彼が立ち上がって世莉に手を伸ばすと、大きな静電気みたいなものが走って思わず叫んでしまった。

「世莉！　大丈夫か!?」

うずくまる世莉に尊が駆け寄り、彼女は「う、うん」と答えてゆっくりと顔を上げた。見えたのは芸能人バリの美貌《びぼう》なのに眉間《みけん》に小さくシワを寄せた、あの彼の顔――？

「……いきなり悪かった。お前、ここの？」

「そうです、けど……、って、またなんかあったんですか？　今度はうちの神社で!?」

またあんなことがここで起きるのか？　と、ドキドキする世莉に神威《かむい》は「いや」とあっさり答えた。

「お、おい？　世莉、この方と知り合いか？」

「あ、うん。前にうちの学校に転校してきた先輩で」

「転校してないし、先輩でもない」

「あ、催眠術？」

「色々違うがもういい。ちょっと黙れ。あれは今でも彼女が？」

そう神威が聞いたのは世莉にではなく尊に対してだ。

「あ、はい。世莉、お守りは？」

「え？　あ、うん」

言われて、世莉はポケットからお守りの鈴を取り出した。けれどこの鈴はやはり鳴らない。さっきのは気のせい？　と、考える世莉の前で彼は鈴をじっと見た。

「俺の言いつけよく守って持ってたな？」

「は!?　違います！　これは私のお守りだから！」

反論する世莉に、神威はフッと笑って尊に向いた。

「こちらはこのままで構いません。然《しか》るべき日に返してもらえれば」

「そうしてもらえると助かります。それでは宮の方へ行かれますか？」

返す？　然るべき日？　なにそれ。

さっぱり意味がわからず瞬《まばた》きを繰り返す世莉に、尊は「もう部屋へ行きなさい」と彼女を追い出した。

追い出されると気になるのが彼らの行き先で、そっと覗《のぞ》くと二人が神社の方へ行くのが見えた。お宮に行くってことは祝詞《のりと》を上げるのだろうか？　でも、普通は午前中にするものので、しかも彼はここの氏子さんでもない。勿論《もちろん》、昨今氏神だ氏子だなんて、気にしている人なんてほとんどいないのだけど。

それなら、今からお宮なんて何しに行くのだろう？

「…………」

言われるまま部屋まで戻ったが、世莉は気になって荷物を置くと、彼らの後を追いかけてお宮を目指した。

由緒正しい、とはいえ古いだけのこの神社。最近は神社仏閣をめぐるのがブームで訪れる人が多少は増えたが、それでもただの田舎の神社だ。お賽銭《さいせん》は期待できないし、それだけでは食べていけないから尊は畑も作っている。母親の真理《まり》も週4でパートにも出るくらいだ。

そんなこの神社に一体なんの用があるのか、世莉は好奇心の赴くまま音を立てないようにそっとお宮に近づいた。

「泉清《いずさや》の御神体はこちらです」

え？　御神体？　見せちゃっていいの⁉

そう世莉が驚くのも不思議ではない。どの神社にも御神体はある。それは鏡だったり神剣だったり、御神木であることもあれば岩や滝の場合もある。

そして、ここの御神体はなぜか剣ではなく、その『鞘《さや》』だと世莉は聞かされていた。だが、世莉はその鞘すらも見たことはない。それはとても神聖なもので、神主である尊しか扱ってはいけないと言われていたからだ。

その御神体をいきなり来た人に見せるというのだから、驚いて当然だろう。

——私も、見たっていいよね？

そして、こんな好奇心にあおられるのも仕方ないかもしれない。

世莉はドキドキしながら、開いた扉からそっと入り込み中を覗《うかが》った。

御神体は祭壇の一番上にある。けれど尊は祭壇に登らず裏に回った。世莉もそっと裏手に回って首を伸ばす。尊が裏の垂れ幕をめくると扉があって、また階段があった。

うそ？　うちってそんな忍者屋敷みたいな作りになってたの？

世莉は子供の頃、お宮で遊んだこともあったが、そんな扉は見たこともなかった。そもそも遊んではいけない場所なのでいつも怒られては追い出されて……。もしかしたらこのせいで追い出されていたのだろうか？　そんなことを考えていると、人ひとりしか通れない程の狭い階段があり、尊だけがそこを上がりごそごそしている。

ここに御神体を隠していたということなのだろう。けれどなぜ？　なんのために？

ドキドキしながらも世莉は息をひそめて、それでも出来る限り首を伸ばした。

「どうぞ」

降りてきた尊の手には、布に巻かれた長細い何かがあった。

ゴクリと生唾《なまつば》を飲みたくなるところを、世莉はぐっと我慢する。尊の手で開かれていく衣擦《きぬず》れの音にドキドキが加速していく。

が、少ししか見えない。もう少し近づいて、もうちょっと見えるところまで――。

チリーン。

「……え？　あ」

もう少し前に行きたくて身体を伸ばすと、突然鳴った鈴の共鳴音に驚いてバランスを崩して前のめりに。そうなると一歩前に出た足を止めることも出来なくて――。

「きゃあ！」

「世莉!?」

「なっ!?」

世莉は神威にぶつかって、その彼は尊にぶつかりそうになって、そこはなんとか避けることが出来たが、神威の手が御神体の布に引っかかって、そうなると尊の手から御神体がすり抜けて、その下には世莉がいて、御神体が落ちてくる――!?

「……あれ？」

痛く、ない？　落ちてくるであろうそれは、いつまで経っても落ちては来ず、世莉はそっと顔を上げた。

尊が火事場の反射神経で、落とさなかったのだろうか？

と世莉は考えてみたが、尊の顔はまるでこの世の終わりみたいな顔をしている。もしかして、別の場所に落ちたのか？　と思って床を見回すけれどそれらしきものはない。

もしかして彼がラノベよろしく、チートな能力発揮して落とす前に摑《つか》んだとか？　と、彼を見るけれどやはり驚愕《きょうがく》という言葉を張り付けた顔をしてこちらを見ている。

そうなると、御神体は一体どこに……。

「せせせ世莉？　おまままっ　がっ！」

舌でも嚙《か》んだのか、尊が口元を押さえて悶絶《もんぜつ》している。

いい歳なんだから、もう少し落ち着けばいいのに。と思うが、御神体を落としたのだから冷静じゃいられないのだろう。それよりも、御神体はどこに落ちたのか。

「――出せ！　今すぐ俺にっ！」

「きゃあ！　ちょっ、何を!?」

バシッ――……。

考える世莉に伸ばされた神威の手が、さっきより大きな静電気で弾《はじ》かれた。いや、これは本当に静電気なのか？

弾かれた彼は痛みに顔を歪《ゆが》めて、上から世莉を睨《にら》みつけた。

「なんで、俺を拒む？」

「は？　なんでって……、いや、ちょっと待って」

何がなんだか世莉にはさっぱり理解できない。この静電気は自分が起こしているのか？

それよりも御神体はどこに消えたのか？　すべて分からないことだらけだ。

「せっ、世莉っ！　お前、なんともないのか!?」

今度は尊が、世莉の両肩を持って身体を揺すった。

「わ、たし？　えと、別になんともないけど……」

転んで膝《ひざ》は打ったけど擦りむいてはいないし、御神体も当たってはいないから痛くない。

「どういう……、ことなんだ？」

さっぱりわからないが、尊も神威も酷《ひど》く驚いているのだけは理解できた。

もしかして部外者が御神体を見たことが問題になっているのだろうか？　それで急いで隠して二人共慌てている、とか？

そう思い、世莉は慌てて言い訳を口にした。

「あっ、あのっ、私見てないから――」

「なんでお前の中に鞘が……？」

……鞘？　私の中……？

世莉は自分の両手を開いて見るけど、勿論そこには何も無い。当然だ、手の中に収まるような大きさじゃないのだから。そうなると尊の持っていた御神体は――。

「ごっ、御神体がっ、世莉の身体に入ったのになんとも無いのか⁉」

私の、身体に、御神体が……。

「入ったぁ⁉」

神様、これはいつも心の中で悪態をついていた私への天罰ですか⁉

現実は小説よりも奇なり、とはこのことなのかもしれない。


「あくまで憶測にすぎないが、その鈴を持っているせいで鞘が反応したんだろう」

少し落ち着いて、神威がそう説明してはくれたが、信じるにはあまりにも奇抜すぎる。

「ふむ、そうなのかもしれん。あの鈴は世莉にお守りとしてずっと持たせていたからな」

「ちょっとおじいちゃん、そこに同じ鈴が六百円でたくさん売ってるよ？」

ちゃんと祈禱《きとう》済のお守りやら鈴やら破魔矢なんかは、神社の貴重な収入源だ。勿論、世莉は家族なのでタダで尊からプレゼントしてもらった。しかも不良品だ。

「いや、その鈴は売り物とは違ってな。御神体と対になる鈴、というかその中は玉鋼《たまはがね》が入ってるんだよ」

玉鋼？　聞いたこともない単語に、世莉はポケットの中から鈴を取り出した。

手のひらにある鈴は、鳴りはしないけれどどう見ても普通の鈴だ。

「中にあるだろう？　それが世莉を守ってる玉鋼だ」

尊にそう言われ、世莉が鈴の隙間から中を覗くと確かに小さな丸い金属が見えた。

「それがハバキリの欠片《かけら》なんだよ」

「はば……？」

それは一体なんでしょう？　首を傾げる世莉に神威は呆《あき》れるようにため息をついた。

「天羽々斬《あめのはばきり》。素戔嗚尊《スサノオノミコト》がヤマタノオロチを切り裂いたとされる神剣だ」

「はぁ……」

素戔嗚尊は誰でも聞いたことはあるだろう。ヤマタノオロチもまたしかりだが、アメノハバキリ？　と首を傾げる世莉に尊が説明を始めた。

『『古事記』にある話でな、素戔嗚尊がヤマタノオロチの尾を切り裂いた際、アメノハバキリは折れてしまい、その尾からは天《あめ》の叢雲《むらくも》が現れたと言われておる」

「あ、天の叢雲は聞いたことあるよ」

そう答えると尊は「当然だ！」と叫んだ。

「天《あめ》の叢雲《むらくも》は別名、草薙剣《くさなぎのつるぎ》、三種の神器のひとつだ！」

「……すみません」

思わず謝る世莉だが、普通の女子高生ならこれがいたって普通の反応だろう。

「で、これがアメノなんとかって剣の欠片なんだ」

そういって鈴を振るけど、やっぱり音はしない。

「鳴らんよ、鈴にカモフラージュしとるだけで、鈴では無いからな」

そう、これは鳴らない鈴だと貰《もら》ったときにも教えてもらったのだけど……。

「その鈴に願でもかけたか？　お前を守るように結界まで張っている」

「は？　結界!?」

ラノベチックな単語に、世莉は思わず聞き返してしまった。

「いや、すみません。この子は昔から見える体質らしく、だから魔除《まよ》けになればと、お守り代わりに持たせたのですが……」

見える体質。昔は確かに人には見えないものが見えていた。小さい頃はその区別なんて付かず、周りから気味悪がられていたらしい。でも、それは3歳の時までのことだから世莉にはほとんど記憶にない。

駆け落ち同然だった母親・真理は、世莉のためにこの神社に戻ったのだと、前に尊から聞いたことを世莉は思い出した。

その頃の世莉はと言うと、見えないものを見ては怖がって真理から離れることすら出来ない子になっていたという。

　尊は見える人ではない。神主というのはそんな力があるからなれるわけではなく、神様に奉仕するのが仕事だ。

　けれど彼は世莉に理解を示し、彼女にこのお守りを持たせることにした。

『この鈴が世莉を守ってくれるから、肌身離さず持っていなさい』

　その鈴を身に着けてから、世莉はみんなが見えないものを見ることは無くなった。というか、この家は神社で神域、当然そんなものはいなかったし、さらに言えば真理のそばにいる限り安心だと彼女は子供ながらに理解していた。

　こんな環境だったせいか、小学生のある日、世莉はすっかり安心して鈴を忘れて学校に行ったことがある。通学途中で忘れたことに気付いたが、尊も『大きくなれば見えなくなる』と世莉に教えていたし、それにお守りなんて気休めだと思い始めていた。

　けれど、その日に限って友達が怖い話をしよう、と言い始めた。子供は怖い話が大好きだ。それはほとんど作り話だし、「きゃー」と笑って済まされるくらいなのだが、一人が「コックリさんしよう?」と言い始めたときから、世莉は嫌な予感がしていた。

　それでも「止めよう」の一言が言えずに、世莉も一緒になってコックリさんをやったが、とにかく始終背筋がゾクゾクして気持ち悪くて仕方なかった。

　――パシッ!

その最中、突然のラップ音にみんなが驚いて十円玉から指を離してしまった。

「ごめんなさい！　ごめんなさい！」とみんなで何度も謝って終わったコックリさん。

「世莉ちゃん、顔色悪いよ？」

そう言われたが、世莉は「大丈夫だよ！」となんとか笑って急いで家に帰った。きっと鳥居をくぐったら大丈夫。そう思ったのに、両肩の重さが消えない。

「世莉ちゃん、今日お守りテーブルに忘れていたわよ？」

玄関に迎えに来てくれた真理の手には鈴があって、それを受け取った瞬間、鈴が鳴った気がした。気がした、というのはその後の記憶がないから。世莉は帰るなり熱を出して倒れてしまったのだ。

だから結局あれがコックリさんのせいなのか、また鈴のおかげで翌日は何もなく元気だったのか、何もわからない。それから世莉はこの鈴を常に持ち歩いている。

考えてみれば、この鈴は危険なことが起きようとしているとき、頭の中で警鐘を鳴らしているのでは……？　そんなことを世莉が思い返していると、「聞いてんのか？」と神威に意識を呼び戻されてしまった。

「き、聞いてます！」

「ま、いいけどな。で、続きだけどここの御神体がハバキリの鞘《さや》だと言われている。だから お前の持ってる玉鋼《たまはがね》に惹《ひ》かれて、お前と同化したんじゃないかってことだ」

「はぁ……」

鞘と同化とか、意味がサッパリです。というか――。

「お前じゃなくて、世莉です。久遠《くおん》世莉！　前にも言いましたけど！　神威先輩！」

「別にお前の名前なんて聞いてない。ってかなんで下の名前呼びなんだよ？　あと別に俺はお前の先輩じゃない」

「えと、なら神威さんでいいですか？」

「だからなんで――、って、呼び方なんてどうでもいい！」

二人の不毛な会話の最中にも、尊は一人重いため息をつく。

「それにしても、世莉の中の鞘をどうしたものか……」

そう、問題はそこだ。それにしても本当に体の中に入ったのだろうか？　全く実感のない世莉だが、二人の態度を見れば嘘ではないと思える。そんな尊の視線は神威に向けられていて、彼もそれに気付いて大きくため息をついた。

「俺にもどうにも出来ない。もしかしたら、鍛師《かぬち》ならなんとか出来るかもな」

「かぬち？」

また訳の分からない言葉を、と世莉が思っていると尊が「刀を作る鍛冶《かじ》師のことだ」と教えてくれた。

「刀と鞘は対だからな。あいつなら――」

そんなことを話してる間に、外はもう真っ暗になっていた。

3. 巫女《みこ》になるとか、ならないとか。

「今夜は天ぷらなんですけど、お口に合うかしら？」

そう言いながら、真理《まり》が揚げたての天ぷらを運んできた。

「……いえ、急に押しかけてきたのにすみません」

このしおらしさは何だろう？　言葉遣いから態度まで、さっきの自分への対応とは全然違う神威《かむい》に、ムッとしながらも世莉《せり》はそれに箸《はし》を伸ばす。

神威は出直すと言ったのだけど、ここは田舎。彼が乗るはずだったバスはもう出た後で、しかもこのあたりは観光地でもないから、ホテルや旅館など気の利いたものも無い。タクシーは呼べば来てはくれるが、ホテルのある町まで行くのにいくらお金がいることか。

それならと尊《たける》が『うちに泊まりませんか？』と提案し、彼は『お願いします』と頭を下げた。それは世莉にしてみればちょっとした驚きだった。彼の性格上、（それほど知っているわけではないが）何となく断ると思っていたのに。

それにしても、と彼を見た。銀髪はキラキラで、端整な顔立ちはその髪に負けていない。

ちょっと目つきは悪いかもしれないが、その瞳《ひとみ》の色はミステリアスで綺麗《きれい》だし、なにより整っている。テレビで見る芸能人ですら霞《かす》んでしまうほど、彼の顔は綺麗だ。身長だって、こんな田舎では見当たらないほど高いし、ついでに脚も長い。

更には、お箸の使い方も綺麗で、姿勢もいいのは神主なんて職業だからなのだろうか。

絶対モテる。きっと『イケメン神主』なんてキャーキャー言われてそう……、なんて考えていると、神威と目があってしまった。

「見るな」

「……自意識過剰です」

でも口は悪い、と最終結論を下し世莉も唐揚げを頬張った。

「あ、エビ天も鶏《とり》の唐揚げもしちゃったけど大丈夫？　もしかして精進料理じゃないとダメかしら？」

「……仏教徒じゃないんで大丈夫です」

「あぁ、そうだったわね。私ったら勘違いしちゃって」

てへっと笑う真理に、彼は困ったように小さく笑う。こんな対応の違いにますます面白くなくて、世莉はもう一つ唐揚げを頬張った。

「でも神主さんも、あなたみたいに若い方もいらっしゃるのねぇ。うちの父みたいに枯れたおじいちゃんばかりかと」

「真理、枯れたとはなんだ！　そもそも神職に就くに当たって年齢など」

「あ、ドレッシング忘れちゃってるわね。待ってて？」

興奮気味な尊など完全にスルーして、真理は席を立つ。

世莉が思うに、真理は神社の娘としてはかなり奔放な性格だ。信仰心だって一般の人より低いかもしれない。いつだったか、『お賽銭《さいせん》くれないとお願いも聞いてくれないなんて、神様ってケチよねぇ？』なんて言ってたことを思い出した。

「……彼女か」

彼の口から溢《あふ》れる言葉に思わず「え？」と聞き返すと、彼はゆっくりと世莉を見た。

「その欠片《かけら》、清浄すぎると思ったんだ。盗み見するほどお前は欲にまみれているのに」

「…………」

さて、どこから突っ込んでどのタイミングで謝ればいいのか？　そもそも彼はそれを根に持っていて、だから自分には悪態をつくのか？　と言いたいこと聞きたいことがありすぎて何も言えない世莉の代わりに、尊が口を開いた。

「真理がどうかしましたか？」

おじいちゃん、私へのコメントはスルーですか？　世莉の心の声など誰もスルーだ。

「彼女は見えざる者です」

えーと、それも一般常識としてみんな知ってることなんでしょうか？　と思いながらも口を挟まないのは、神威の性格をそれなりに把握してきたからだろう。

「見えざる、者とは?」

けれど代わりに聞いてくれた尊に、世莉はほっとした。

「彼女は悪霊から見えない存在だということです。だからそれらから影響を受けることもない。それは彼女自身遠ざける力があるということで、その力を持つ者たちをそう呼んでます」

彼の説明に、世莉も尊も「へぇ」と声を漏らした。

「それでママのそばにいると、ホッとするのかな?」

子供の頃から感じてた安心感はそういうことなんだろうか?

「……お前の場合、ただ親離れできてないだけだろう?」

むっとしたのは世莉だけで、向かいで尊はうんうんと頷《うなず》く。

「世莉は本当にお母さん子だったからなぁ」

「もう、おじいちゃんまで! でも本当にママといると見えないし、小学生のときだってコックリさんやって重たい何かが憑《つ》いたけど、家に帰ってママの顔を見たら大丈夫だったし!」

「……馬鹿だな。もともと憑かれやすい体質でそんなことやるとは」

彼の言葉に尊まで「まったく……」と呆《あき》れてる。

って、ちょっと待って。私、憑かれやすい体質なの!?　そんなの聞いていないんですけど！

驚いて彼を見るとフンッと鼻を鳴らして笑っている。

「…………」

嘘だ。絶対嘘だ。私をからかって反応を見て楽しんでいるんだ！　なんて性格の悪い！

「はい、ドレッシング。ん？　どうかした？」

ここは「なんでもない」という場面だが、そこまで大人になれず、世莉は3個目の鶏の唐揚げを頬張った。

そもそも、うら若き乙女が居るのに、若い男を泊めるってどういう了見なのでしょう？と言いたいところだが、実際世莉の家は田舎のせいか部屋はあまりたおしている。しかも離れなんてものまであるから、彼が泊まることに不自由はない。

「……ん？　なんかうるさい？」

田舎の夜は静かだ、なんてのは大嘘だ。風が吹けば葉のこすれる音がハンパないし、虫や蛙の大合唱なんて耳を覆いたくなるほどだ。

けれど、今夜はさらに輪をかけてうるさい、というかざわわしている。まるで大勢の人間に囲まれているような錯覚に陥って、世莉は顔をゆがめた。

「——っ」

そして、背中に冷たいものを感じ世莉は体を硬くした。最近は無かったのに、尊が言うとおり、大人になったから感じなくなったと思っていたのに——。

ベッドに腰掛けたまま、外を意識してみる。

……居る。この感じは『人』じゃない。もっと禍々《まがまが》しくてドス黒い、すごく嫌な感じだ。しかもジリジリと近寄ってきてるのが分かる。

チリーン、チリーンッ……。

鈴は机の上にあって鳴るはずがない。だけど聞こえてくるこの音は、世莉の頭の中で、まるで警鐘のように鳴り響いていた。まるであの時のように——。

しかも今回は、なにかが下から這《は》い上がってくる感覚まである。

気持ち悪いっ！

ぞわぞわとまるで自分の中に入り込んでくるような感覚に、世莉は体を丸くした。気持ち悪い、なのにお腹の真ん中が熱くなってきて、痛いわけじゃないのに重たい何かが胃からせり上がってくる感じ……。

パシーンッ、パシッ！

世莉の周りでラップ音が響いてる。その度に頭の中で光までスパークしている。

コックリさんをやったときだって、こんな現象は無かった。なんなの？　これ——。

「世莉ちゃん、お風呂《ふろ》入りなさいねー」

「――ふぁっ！　はぁ、けほっ……」

　世莉は息を止めていたのか、肺に入ってくる空気にむせてしまった。さらにいつの間にか、ぎゅっと握った手のひらを見ると、ぐっしょり汗をかいている。

「世莉ちゃーん？」

「う、うん、入るから」

　真理の声に空気が一気に軽くなっていく。さっきまでの気持ち悪さもラップ音も鈴の音も、全部嘘みたいになくなってた。

「……なん、だったの？」

　周りを見渡すが、何も変わっていないし鈴もやっぱり動いていない。さっきまであった気持ちの悪い気配もまるで感じない……。

「居ない、よね？」

　窓の外を確かめたくて、勢いよくカーテンを開ける。けれど見えたのは電気の付いた離れだけで誰も何もいない。

　彼が人間ではない、なんて仮説を立ててはみたけど、彼はそれに対峙《たいじ》する側の人間のはずだ。それに、彼は曲がりなりにも神主なんだし、あり得ないだろう。

「……まさか、ね？」

そう結論付けた瞬間、離れの灯《あか》りがふっと消えた。まだ十時だというのに早い就寝だ。もしかしたらこんな田舎までの移動で、疲れたのかもしれない。

それにしてもさっきのは何だったのか？　気のせいと言ってしまうには、あまりにもリアルだったけど……。

「お風呂、入ろ」

特に清めとかそういう意味ではないけれど、どっと疲れを感じて世莉はパジャマを手に部屋を出た。


そして翌日。

「あふ……、なんか眠い……」

なんとなく寝付けなくて、世莉はちょっぴり寝不足な朝を迎えた。

そして今朝も今朝とて、境内のお掃除は欠かすことはない。なにせ神社の境内には自然がいっぱいで、落ち葉は毎日半端なく落ちてくるし、そもそも朝のお掃除はもう日課だ。

「お前、毎日やってるのか？」

「わぁ！」

聞き慣れない言葉に驚いて振り返ると、神威が立っていた。

「そ、それはまぁ、扶養家族なんで」

「……だからお前は護《まも》られるのか」

「はい？」

護られる？　誰に？

「ここの御神体にだよ」

「………………」

なんだか、神主さんにそんなことを言われると、信じたくなってしまう。

「ま、憑いてるのと同じ状況だけどな」

「……なんか、それ馬鹿にしてません？」

「体質の話をしてるだけだ。それよりなんで制服なんだ？」

「はい？」

それはだってお掃除終わったら、学校に行くからで……。

「すぐに奥出雲《おくいずも》に行くぞ、支度しろ」

「は？　はい――⁉」

叫ぶ世莉はそっちのけで、神威はスタスタ母屋に歩いていく。

「ちょっと、話はまだ！　って、もう――っ！」

お掃除をテキパキこなして、向かうのは――。

「どういうこと⁉　おじいちゃん！」

世莉が家に戻って尊を問い詰めると「ふむ」と真面目な顔する。

「いや、ずっと御神体がないというのもなぁ……」

「学校なんだって！　そもそも本当に私の体に入ってるかなんてっ」

「入ってる」

そう断言したのは、いつの間にか後ろで世莉を見下ろしている神威だ。

「この上なく同化してる。いつか乗っ取られるかもな？」

「は？　乗っ取られる⁉」

「嘘だ、阿呆《あほう》」

うー！　この不良神主め！

「おじいちゃん！」

「まぁ落ち着け、世莉。わしにも御神体が世莉の中というのは、俄《にわか》に信じられんが、実際無いのは確かだ。しかもこの目で見てしまったからには信じる他ない」

……確かに。だからって自分の中にあるとか言われても実感はない。それは尊も一緒なのだろうが、現実に無いのだから信じるしかない。

「それに、今はなんともないかもしれんが、この先支障が出るかもしれん。そうなってからでは遅いかもしれんし、鍛師《かぬち》のところへ行けば何とかなると言ってくださってる。それなら行ったほうが、じいちゃんはいいと思うぞ？」

「…………」

　こんな風に淡々と説明されると反論も出来ず、世莉は従うしか道がなくなってしまった。

　そんなこんなで、二人は現在バス停に立っている。世莉の持つ大きな荷物は真理がセットしてくれた。真理は尊に言いくるめられて、世莉が巫女《みこ》の修行に行くものだと思い込んでいるらしい。

「行くぞ、見習い巫女」

「言っとくけど、私はお掃除とかお正月とか手伝うだけで、別に巫女になりたい訳じゃ」

「なら何になりたいのか？」

「ぐっ……」と、言葉に詰まる世莉を見て神威は「ふん」と鼻で笑う。

「ホント、中途半端だな、お前」

「――久遠世莉！　いい加減覚えてよ！　この不良神主！」

「はぁ？　俺のどこが不良なんだよ！　っつか早くバスに乗れ！」

「きゃあ！」

　こうして、世莉はこの不良神主と鍛師のいる奥出雲まで行くことになった。

　バスに揺られて駅で降りる。

「こっちだ」

そう言われた方向に電車乗り場はなく、一台の車が停まっていた。

「おやおや、神威。女の子の荷物を持たないなんて紳士ではないね？」

その車から降りてきたのは、おじさんなのだけど田舎のおじさんじゃない。ビシッとスーツを着こなして洗錬された、言ってみれば『おじさま』と呼びたくなるような男性だった。なによりも、世莉は見た瞬間に感じた懐かしさにも似た感情に戸惑ってしまった。

「なんで俺が持たなきゃいけねぇんだよ。そもそもなんでそんなデカイ荷物なんだか」

「おっ、女の子には色々あるんです！」

はたと我に返り慌ててそう言うと、紳士な彼はヒョイっと世莉から荷物を受け取った。

「そうだよね？　ごめんね、神威は昔から恥ずかしがり屋さんなんだ」

「違うっ！　那智《なち》っ、余計なこと言ってんな！」

……恥ずかしがり屋さん？

「あぁ、紹介が遅れたね。僕は御厨《みくりや》那智、彼の父親です」

「え？　父親？」

「それも違うっ！」

すぐさま突っ込む神威に父親と名乗った彼は「あはは、神威は照れ屋さんだなぁ」と笑っている。けれど世莉は気が付いて、「あれ？」と声をあげた。

「あの、苗字が……」

神威の苗字《みょうじ》をはっきりとは覚えていないが、『御厨』という名前ではなかったはずだ。

「信じるな！　違うと言ってる！」

ムキになって否定する神威に、那智は「ハッハッハッ」と楽しそうに笑ってる。

「まぁ、血の繋《つな》がりは無いんだけど僕はれっきとした彼の保護者だから」

「保護者なんて頼んでない!!」

「うーん、神威は照れるとツムジ曲げちゃうから。ま、そこも可愛いんだけど」

よしよしと那智が神威の頭を撫《な》でると、神威は明らかにムッとしてその手を払った。

「神威は両親を早くに亡くしてね。で、僕が神威の親代わり。よろしくね、世莉ちゃん」

「はぁ……、よろしくお願いし――、え？　なんで私の名前を……？」

まだ自己紹介なんてしていないのに。

「知ってるよ、昨日電話で神威から聞いたから」

その言葉に神威を見ると、ふいっとそっぽを向かれてしまった。

「それにしても――」

「え？」

那智がそっと世莉の肩に触れる。瞬間、電気が走ったような感覚に世莉は目を細めた。

だがそれはすぐにおさまって、触れている場所からじんわり温かさが伝わってきた。

「すごいね、こんなものと同化出来るなんて。それに加護も強い」

こんなもの、それは間違いなくみんなが言っている世莉の体に入ったとされる『御神体』のことだと理解したが、当の本人には全く自覚はない。

「……あの、本当に私って御神体が入ってるんですか？」

だから、再度確かめるようにそう尋ねる世莉に那智は間髪を容《い》れず「うん」と頷《うなず》いた。

「それを重荷に感じないのは君の資質かな？　普通の人なら気に当てられて、まともじゃいられないよ」

これって褒めているんだろうか？　と悩む世莉の隣で「ぷっ」と吹き出す声が聞こえた。

「鈍いって言ってんだよ」

「なっ⁉　なんでそんなことあなたに言われなきゃ」

「神威、君が悪い」

世莉の代わりに那智が神威の頭にゲンコツを落とすと「痛っ」と頭を押さえる。この光景は確かにまるで親子のようだ。

「全く、彼女に触れることも出来ないからって拗《す》ねちゃって。まぁ、そこも可愛いんだけど」

「煩《うるさ》い！　そんなんじゃねぇよ！」

「ちゃんと身を清めなさい。かなりすす汚れてますよ」

　ぽんっと那智が神威の背中を叩《たた》くと、ホコリみたいなものがふわりと浮いて空気に溶けていく。それを不思議に思ったが、二人は何も言わないので世莉は別の質問をした。

「あの、神主さんってそういうのに詳しいものなんですか？　うちのおじいちゃんは全然ないっていうか……」

「あはは、そうだね。基本神主はそれなりの勉強をすればなれるものだし、こんな能力は必要ない。だから君のおじいちゃんは普通で、僕達が変わり種ってところかな」

「はぁ……」

　変わり種って言葉で、片付けられるものなのだろうか？

「そうか、言い忘れてたね。僕は陰陽師《おんみょうじ》やってるんだ。だから分かる、と言えば理解してくれるかな？」

「え？　陰陽師？」

　そんな職業が本当に実在するのか？　と疑問に思ってはみたが、実際目の前にいるし、以前の神威の『仕事』も見ているのだから納得せざるをえない。

　けれど驚きは隠しようもなく、目をぱちくりさせる世莉の前で那智はニコリと笑う。

「さあ、無駄話の続きは車の中でしましょうか？」

　那智が「どうぞ」と後部座席のドアを開け、世莉は素直にそれに従った。

　運転は那智、助手席に神威、そして世莉は後部座席に座った。

「今から鍛師《かぬち》の所に行くんだけど、かなり変わってる奴だから気にしないでね？」

「はぁ……」

　変わってるというのはどんな感じなんだろうか？　刀を作る人だから、職人気質で難しい人なんだろうか？　想像を膨らませる世莉をバックミラー越しに見て那智が笑う。

「あはは、大丈夫。取って食いはしないから。ところで世莉ちゃん、そんな体質で今までよく大丈夫だったねぇ」

「え？　あっ、もしかして憑《つ》かれやすいって……」

　あれは神威がからかっての言葉だと思っていたのに。

「うーん、簡単に言えばそういうことかな。だって向こうからは世莉ちゃんがよく見えるから、かなりちょっかいかけられなかった？」

「いえ……」

　そもそも『向こう』がわからない。

「嘘つくな。コックリさんまで呼び出して家に持って帰ったくせに」

　神威の言葉に「あっ、あれは！」と世莉は反論してみた。

「小学生の好奇心っていうか！　そもそも私がやろうなんて言いだしたわけじゃ！」

「そっか、でも世莉ちゃんが呼んだら無視は出来ないよ。よく取り憑かれなかったね」

「……え？」

そういう、ものなんだろうか？　考える世莉の前で「ふん」と神威が鼻を鳴らした。

「こいつの母親が『見えざる者』だから。それに、こいつがハバキリの欠片《かけら》を持ってる」

その答えに御厨さんは「なるほど」と納得してた。

「あの……、その見えざる者とかって、超能力かなんかですか？」

子供が母親といれば安心するのは当たり前だろう。しかもシングルマザーとくれば、世莉の『ママッ子』も仕方ないと思っていたのだが……。

「『見えざる者』というのはね、無条件であちらのものを遠ざける能力なんだ。だから彼らからあちらのものは見えないし、それは存在しないことと同じになってしまう。そうなるとあちら側のものは力をふるうことが出来ない。無視しているのと同じ状態かな？　無視出来るってある意味最強の力なんだよ。」

「はぁ……」

なんとなく、分かったような、いまいちわからないような……。

「っつか、俺の言ったこと信用してなかったのかよ？」

「…………」

無言で通す世莉に神威がムッとすれば、その隣で那智が「あはは」と笑った。

「神威は話しベタだからね。でも君のママの前では、彼お利口さんだったんじゃない？」

「はい……、え？」

「那智っ！　余計な事をっ！」

慌ててそう口走る神威に、那智は楽しそうに笑ってる。しかし、それはどういう意味なのか？　彼らの話が本当なら、『見えざる者』はコックリさんの類《たぐい》を寄せ付けない力がある。その力に屈して、大人しくしていたということは――。

「あの、神威さんって……」

もしかして人じゃない？　那智が親代わりでしかも陰陽師だ。ということは、神威はもしかして式神とか言われる――。

「うーん、世莉ちゃんの考えてる事が分かっちゃったけど、残念ながら神威は人間です」

そんな那智の言葉に神威は「当たり前だ！」と叫んでいる。そうなると、世莉に触れるとか触れられないとかいうくだりは一体？

「今ね、神威は汚れたハバキリの欠片を持ってるんだ。だから神気を纏《まと》ってる君に触れることが出来ない。僕ですら、猜疑心《さいぎしん》を持った状態だと君に拒否されそうだったしね」

「……あっ」

出会ってすぐ、肩に触れたときだ。あの静電気はそれだったのかと世莉は納得した。

「今の神威は、そのハバキリに侵されてる状態なんだ。君のお母さんのそばにいるのはさぞかし居心地悪かっただろうね」

「るさい！」と言い捨てる神威に那智はクスクス笑っている。

「えと、それじゃ神威さんは今、怨霊《おんりょう》みたいなのと仲間ってことなんですか？」

「違う！　俺がこいつらを使役してんだよ！　だからお前は襲われてないの！」

使役？　神主なのに？　いや、そう言えばあの図書室の時ですら九字《くじ》を切ることが出来たのだ。親代わりの那智が陰陽師なのだからそれも当然なのかもしれない。

「あっ、そういえば昨日の夜、変なことがあったんです！」

世莉は昨夜のことを思い出し、鈴のことや自分の身に起きたことを説明した。

「──で、ママに『お風呂《ふろ》に入りなさい』って声かけられたら、全部消えて元通りになってたんですけど……」

そこまで一気に説明すると、那智は「なるほど」と納得の声をあげた。やっぱり陰陽師にもなると、こういった現象も理解できるのだろう。世莉は少しほっとして、それから那智の言葉を待った。

「神威」

「──っ、な、なんだよっ」

すると世莉に説明するのではなく、那智は少し低い声で神威を呼んだ。しかも呼ばれた彼はなんだか苦虫でも噛《か》み潰《つぶ》したような顔をしている。

「君は何をやったのかな？」

「ん？」と首をかしげて神威を見れば、何やら冷や汗まで出てきそうな彼の表情に世莉はもう一度「ん?」と繰り返した。

「……っ、べつに」

「神威」

静かにそう呼んだだけなのに、明らかに神威は狼狽《うろた》えている。そしてしばらくの沈黙の後に小さく「くそっ」と呟《つぶや》くと、観念したように背中をシートに預けて「あー、だからさぁ」と話し始めた。

「そいつの中から鞘《さや》を取り出そうとしたんだよ。もともと憑かれやすい体質だし? 悪霊を憑かせれば、鞘が居心地悪くて出るかなって。案の定、悪霊は喜んでそいつに集ったけど、鈴は警戒しまくるし、鞘までがこいつを守ろうと結界張って悪霊共は弾《はじ》き飛ばされるし、挙句、母親の声で四散しちまったってオチ。ホントやってられ、痛っ」

最後まで愚痴が言えなかったのは、那智が神威の顔を思いっきり殴ったから。しかもグー。殴られて頭は窓にぶつかってゴンッと音が車内に響いた。

「なにすんっ」

「神威、やって良いことと悪いことがあると何度教えたの!?」

「はぁ? 別に鞘さえ取り出せたら放置なんてしねぇよ! 除霊だってやってやるつもりだったし、なによりコイツの母親が居れば除霊なんて手間も、がっ」

食って掛かる神威をもう一度殴って、那智はため息をついた。

「そういう問題じゃありません。そもそも悪霊をけしかけるなんて、君は何をやってるんですか？　しかも――」

そう言って、那智は車を止めて世莉に振り向いた。

「彼女を巻き込むなんて……。ごめんね？　世莉ちゃん。怖かったでしょう？　お詫《わ》びってわけじゃないけどジュース飲まない？　まだうちまで遠いんだ」

そういって那智は後部座席のドアを開け、世莉を自販機の前に立たせた。

「あ、あの……」

少し整理してみよう。昨夜のあれは、神威が悪霊にけしかけたことで、結局は鞘と鈴と、最強の母親に世莉は守られた、ということになる。しかもその元凶は――。

「って、神主なのにそんなことしていいんですか？　やっ、そもそも神主ってそんなことまでできちゃうの!?」

驚きのあまり身を乗り出して聞く世莉に、那智は苦笑い。

「うーん、神主だからってわけじゃなくて、神威だから出来るというか。でもやっちゃダメだから怒ったんだけど。でもそのやり方を教えたのは僕だから、本当にごめんね？」

神主云々《うんぬん》ではなく、陰陽師の術が使えるからこその所業だということは理解できた。だが、問題はまだ残ってる。

「御厨さん、私も神威さんをぶん殴りたいです」

世莉がはっきりとそう言うと、那智は目をぱちくり、そして神威は「はあ？」と腫れた頬を押さえながら助手席から降りた。

「何言ってんだ？　俺はお前のためにもだなぁ！」

「うん、殴っていいよ。後でセッティングするけど、このジュースも神威のおごりにしよう。神威、お金出して」

そんな着地点に、「なんでだよ！」と神威は当然のことながら納得出来ず吠《ほ》えた。


それにしても……。駅から車ですでに2時間は走っている気がする。窓の外にはもう木しか見えない。世莉の家もかなり田舎だが、今から向かうところはさらに田舎、と言うか森の中。すれ違う車も無ければ歩く人もおらず、民家も無ければ畑らしきものすらも無い。

そう世莉が心の中で思っていると、いきなり視界が開けた。森を抜けたのか、周囲が明るい。道の脇には小川が流れていてとてものどかな風景に変わった。

「さて、ここからは歩きなんだ」

そう言って車は停まった。車から降りると、道路はもうアスファルトでもない。砂利道で、そこから先に小さな道が延びていた。

「ほんの少し歩くね。ほら、神威、荷物持ってあげて」

那智に言われて、神威は渋々世莉の荷物を手にした。

歩く道は草木が伸び放題、けれど一応道は確保できている。俗に言う『けもの道』というものなのかもしれない。

しばらく歩くと、木造の建物が見えてきた。それはかなり立派な日本家屋で、田舎とはいえこんな立派な屋敷はそうそうない。しかも周りには肩までの高さの垣根が連なり、その端はどこなのか見えないくらいだ。

「なんか、立派なお家《うち》なんですね」

世莉が思わずそう口にすると、那智は「古いだけなんだけどね」と苦笑いした。

木の門の前で足を止めると、チャイムも押さないのに戸が開き始める。

「え？　な、なんで？」

「帰るってちゃんと連絡したから」

驚く世莉に、那智はニコニコ笑うだけ。そして、開いた戸から着物を着た可愛らしい双子の女の子がひょこっと姿を見せた。

「おかえりなさいませ、那智様、神威様、そしてはじめまして、世莉様」

「え？　あ、えと、初めましてっ」

恭しく頭を下げる彼女たちに、世莉も慌てて頭を下げる。

「右が瑠璃《るり》、左が玻璃《はり》。二人は僕の子供みたいなものだから、そんな畏《かしこ》まらないで」

そうは言われたものの、どちらがどちらなのか区別もつかず、世莉は心の中で『すみません』と謝った。

「那智様、アキラ様は只今《ただいま》鍛錬中です。お茶でも飲んでお待ちしますか？」

「うん、そうだね。でもちょっと先に会いたいかな？　だからすぐに飲めるよう準備しておいて？　甘いお菓子も忘れないようにね」

そう那智が言うと、二人は「はーい」とハモりながら走っていった。その後ろ姿の愛らしさに世莉の胸はきゅーんとしてしまうほど。

「世莉ちゃん、こっちだよ」

「あ、はいっ！」

二人の可愛い姿に見惚《みほ》れている間に、少し前を歩く彼らに追いつくように駆け寄る。

しかし、どれだけ大きなお屋敷なのか。世莉たちは家に入ることなく、屋敷の周りをぐるりと回るように歩いてる。

「鍛錬する場は自然の気を吸い込める場所でないと良い刀が出来ないから、屋敷の敷地内でも奥まったところにあるんだ」

そんな説明を受けながらしばらく歩くと敷地内だというのに、景色がまるで林か森かに入り込んだように変化して、その先に煙が立ち上るのが見えた。

「もう少しだから」

その声に歩く先を見れば、木造の建物が見えて煙突が煙を吹き出している。そして、

『キーン……』と金属特有の甲高い音が聞こえてきた。

まるでお守りの鈴が頭に響いてるときの音みたい……。

そう思っていたらその音は止み、世莉の頬を風がすり抜けた。

「ありがとう、教えてくれたんだね」

那智の言葉にハッと顔を上げると、いつの間にか彼の肩には大きな鷹《たか》が羽を休めてた。

「鷹⁉」

そんなものはついさっきまで見えなかったのに⁉　と驚く世莉の前で神威が「ふーん」と感心した。

「一端に見えるんだな？」

「はい？　何言って――」

神威の失礼な言葉に反論すると、今度はその鷹はすうっと空気に溶けて、一枚の切り紙になって那智の手のひらに落ちた。

「…………」

「口がパクパクしてるぞ？」

マジックだと言われれば手を叩《たた》いて喜ぶことも出来るだろうが、こんな現象を目の当たりにすれば普通の人間ならこんなもんだろう。

「あ、ごめんね？　世莉ちゃん、驚いたよね？　これは式神と言ってね、まぁ、僕の子供みたいなものかな」

ふふっと笑う那智だが、当然世莉には笑えない。『式神』なんて単語はラノベかマンガでしか出てこないのが当たり前なのだから。

「はっ！　もしかして、さっきの双子も――」

「そう、可愛いでしょう？　あれは誰にでも見られるようにしてるから、可愛いほうがいいかなって。あ、こいつは実用的に作ってるから」

那智はそう言って真っ白な紙をヒラヒラさせると、ポイッと投げて――。

「きっ、消えた!?」

世莉が驚いて思わず声に出すと、那智はニコリと笑う。

「これはマジック。子供受けするから覚えたんだ」

「…………」

消えたはずの紙を、袖《そで》の隙間から取り出してまたヒラヒラしてる。

「お前、騙《だま》されやすいな？　霊感商法にはくれぐれも気をつけろよ？」

なんて神威にバカにされたことにも気付かず、世莉はポカーンと口を開けたままだった。

「やぁ、那智。神威も一緒なんて珍しいね？　って……」

そこに現れたのは袴《はかま》姿の……、美人と誰もが口にするだろう人物がそこに立っていた。

「悪いね、仕事の邪魔して」

その美しさに世莉は見惚れるばかりだ。

「これは……」

その美人が世莉に近づく。ゆるくウェーブのかかった長い髪は、柔らかなマロンカラー。メガネ越しに見える瞳《ひとみ》も、同じ色。美人なのに、頬にはススがついていて化粧っけもない。なのに、目はぱっちりで潤んでいて、リップも塗ってないだろう唇はほんのり赤くて、とてもアンニュイな感じがまたいい。

「……え？」

美人の手が世莉に伸びて、その手のひらはすっぽりと彼女の胸を覆った。

って、胸……？

「きっ、きゃあ⁉」

なんとなく叫んではダメな気がして中途半端な声で悲鳴を上げるのだが、美人は狼狽えない。それどころか……。

モミ……っと、確かに世莉の小さな胸を揉《も》む、というより摑《つか》んだ。

「あれ？　女の子？」

「こらっ、アキラ。世莉ちゃんが驚いてるでしょ？　ごめんね、世莉ちゃん」

「――っ！」

硬直する世莉からその手を引きはがすと、世莉は金縛りが解けたように慌てて那智の後ろに隠れた。

「……あれ？」

美人は、世莉の胸を触った手のひらをぼんやりと見つめている。

「アキラ、やめなさい。それじゃ君は変態だよ。いや、ごめんね。アキラはここから出られなくて、僕達以外誰にも会ってないから、女の子の世莉ちゃんが珍しくてね」

ニコニコ笑ってるけど、そう言う問題ではない。那智の背中から美人を警戒する世莉だが、美人はゆっくりと顔を上げて世莉を捉《とら》えた。

「あれ？　女の子？　鞘《さや》は？　さっき目の前にあったと思ったのに」

そう言ってあたりをキョロキョロと見回してる。

ちょっと待って。もしかして、私と鞘を勘違いして？　と美人の思考を読み取ってみたが、どう考えてもそんなことはあり得ず世莉は頭をぶんぶんと振った。

「世莉ちゃん、紹介するね。彼が鍛師《かぬち》の御劔《みつるぎ》アキラだよ」

「鍛師……、って彼!?」

そう、彼が世莉に会うべき予定の鍛師だった。

4. 鍛師《かぬち》に会えたとか、会わなくてもよかったとか。

「アキラ、完全に不審者ですよ。少し離れなさい」

居間に通され対面から前のめりでじーっと見つめている彼に、どうすればいいのか。悩む世莉《せり》のために、ぐいっとアキラの肩を摑んで那智《なち》が世莉から離してくれる。

「あ、近かった？　僕、近眼だから」

あはは と笑いながら、アキラはメガネのヒンジをクイッと上げた。かなり分厚いメガネで、本当にかなり目は悪いのだろう。

「本当に鞘だと思ったんだ。ごめんね？」

「いえ……」

近眼が進むと、人と鞘の区別も付かなくなるものだろうか？

「お前、真っ直ぐだもんな？」

「…………？」

神威《かむい》の言葉に少し考えて、自分の胸を見下ろして……。

「――そういえば殴る約束でしたよね？　御厨《みくりや》さん、お願いします」

「はぁ？　俺は事実を言ったまでっ！」

「いや、神威が悪い。大人しく殴られなさい」

そんなこんなで、バタバタしてたら廊下の障子が勢いよく開いた。

「お菓子持ってきましたー！　今日は源氏巻でーす！」

開いた障子からあの双子が笑顔で飛び込んできた。

「瑠璃《るり》、玻璃《はり》、ありがとう。世莉ちゃんは洋菓子の方が良かったかな？」

「あ、いえ。私、源氏巻大好きです」

そう答えると、双子の顔が弾《はじ》けんばかりの笑顔になっていく。

「ホント？」「ホント？」

ステレオで聞こえる声に「うん」と返すと、その笑顔はさらに大きくなってくるから世莉の顔まで明るくなってしまう。

「なら、褒めて！」

「え？　きゃあ！」

畳に座っていたのだけれど、二人に抱きつかれて世莉はそのまま後に倒れてしまった。

「あはは、瑠璃と玻璃は世莉ちゃんが大好きなんだね？」

那智の言葉に二人は「はい！」と両方の耳から答える。

「世莉ちゃん、ふたりを褒めてあげて」

褒める？　那智に言われて、そーっと二人の頭を撫《な》でてみた。すると気持ち良さそうに目を細めて、まるでネコみたいだ。

「ありがとう、二人共」

そう言うと、二人とも世莉にギュッと抱きついて、消えた。

「え？　なんで？　二人は!?」

驚きガバッと起き上がって二人の姿を捜すけど、やっぱり居ない。

「学習能力ないな？　あれは式だって言ったろ？」

「だ、だってちゃんと温かかったし、重みだって……」

ちゃんとあったのに、あれは本当に人ではないのだろうか？

「言われた仕事を終えたから、元に戻っただけだよ。ほら」

そう言って那智が見せてくれたのは、二体の手のひらサイズの可愛らしい人形だ。

「式も育つと人格も個性も育つ、力を持てば質量を感じさせることもできる。だからある意味、僕は二人の父親になるわけ」

「……なんか、凄《すご》いです」

思わずそう言うと、那智は「いやー、それほどでも」と少し照れるような仕草を見せた。

「いいなぁ、僕も世莉ちゃんに抱きついて頭撫でてもらいたいなぁ」

恍惚《こうこつ》とした表情でそう言ったアキラに、世莉はどう返したらいいか分からず苦笑いだ。

「ごめんね？　世莉ちゃん。みんな君の神気に当てられてるんだ。アキラもいつもこんな変態じゃないから」

そうフォローする那智に、「そうか？」と突っ込んだのは神威だ。

「刀打ってる時以外は、いつもボーッとしてるけどな」

そんな神威の言葉にもアキラは、「ヒドイなぁ」とニコニコ笑ってる。

「それで彼女のことなんだけど、どうかな？」

「そうだねぇ」と口にしながら、アキラが世莉に向いた。

ゆっくりと伸びてきた手に警戒すると、「ふふ、なんだか可愛いねぇ」なんて言われて世莉はタジタジだ。そんな世莉の気持ちなんてお構いなしに、アキラは頬に触れ、それから首を通って肩に、そして腕からすっと指まで触れて、「そうだねぇ」とまた繰り返した。

「世莉ちゃん、何か変わったことは？」

「特には……」

鞘が入ってると言われても実感がないくらいに、世莉には自分が普通にしか思えない。

「無理に取り出さない方がいいかもね。鞘も落ち着いてるし、何より害がないんだもの」

「…………」

そういうもの？　と世莉は疑問に思うが、周りはそうでもないらしい。

「やっぱりアキラもそう思う？　とりあえずは様子見かなぁ」

「はぁ？　ならハバキリが復活したらどうすんだよ！」

一人納得してない神威だけが、二人の意見に反論した。

「その時になったら大丈夫じゃないかな？」

「なに呑気《のんき》なっ」

「刀は鞘に戻る。鞘にあってこその刀で、刀あってこその鞘。2つは対なるものなんだ。だから、刀が復活すれば……」

鞘は、世莉から出ていってくれる、そんな希望を教えてもらって世莉はほっとした。

「でも、このままじゃ分かりやすいから隠さないとね」

意味の分からない言葉に「え？」と声を上げると、目の前には那智が居て世莉は驚いてしまった。

「緊張しないで。鞘まで警戒するから」

「やっ、あのっ、警戒なんてっ」

してないけれど、いきなりの至近距離にはどんな女の子でもドキドキしてしまうだろう。

そんな世莉の気持ちはお構いなしに、那智は手を伸ばして世莉の額に指先を当てる。瞬間、ピリッと電気みたいなのが走ったけど、今度も直ぐに収まり那智もニコリと笑った。

「いい子。そのままでね？」

そう言って指先で世莉の額に何かを書いた。するとじわりと額が熱くなったような気がした。けれど指が離れるとそれも無くなり、そっと自分の額に触ってみたが何もない。

「大丈夫、書いた文字は誰にも見えないよ。これは鞘が見えないようにするおまじない。これで変な人には見つからない」

「はぁ……、え？」

ってか、変な人って誰でしょう？

「欲しい人、結構いるんだよ。ほら、今刀剣ブームだしね？」

世莉の考えを読み取ってか、那智の言葉に納得してみる。確かにこれは御神体だし、しかも年代物なのも確かだ。とんでも鑑定団にでも出したら高額だったりするのかもしれない。お釈迦様《しゃかさま》の像が盗まれたとかニュースにもなっているし、警戒してもおかしくない……？　とそこまで考えて世莉は違和感を覚えた。

世莉の中にあるのなら、普通の人には見えない。（なにせ世莉にだって見えない）そうなると、この鞘を欲しがっているのは誰？　そして――。

「あ、あの、なんでこの鞘が居るんですか？　ハバキリの欠片《かけら》だって、なんで……」

よく、考えたらこの人たちは信用して大丈夫なのか？　鞘が体の中に入っていると言われ付いてきたけれど、本当に世莉のことを考えてくれているのか？　尊は彼らを信用しているように見えたが、彼も年だ。騙《だま》されている可能性も――？

ざわっと世莉の心がぐらつく。すると小さな鈴の音が頭に響きはじめた。お腹の真ん中がじんわり熱くなっていくのも——。

この感覚は初めてではない。そして鈴が鳴るときにいいことなんて起きないことも知っている。世莉はバクバク音を立て始めた胸を抱えて彼らの顔を見た。

「世莉ちゃん、落ち着いて。鞘も欠片も君の気持ちにシンクロして警戒してる」

那智の言葉は本当なのか？　昨日の夜のことを考えても神威だって完全に信じきれない……？　猜疑心《さいぎしん》が猜疑心を呼ぶ。心臓がどきどきし始めて鈴の音と同じように頭に響く。

ふわりと、身体が浮き上がる感じに世莉は気が付いた。風もないのに自分の髪が揺れていることに気付いて、世莉は不思議に思った。

「世莉ちゃん、君に危害なんて絶対に加えない。だから、少し落ち着っ！」

那智が世莉の額に触ろうとして、弾かれた。ハラハラと光の欠片みたいなものが落ちて空気に溶けていく。

「凄いなぁ。那智の封印を簡単に解いちゃった」

呑気な声でそう言ったのはアキラだ。

「だから言ったろ？　さっさと取り出せって」

少しだけ低い声に、世莉はビクッと体を揺らした。

「じっとしてろ。俺が取り出してやる」

神威が世莉に近づく。彼の銀色の髪がザワザワと揺れて、見開かれる目が、赤く光ってるように見える。

普通じゃない！　彼らに出会ってから普通じゃないことばかり起きている。どうして彼らの言うことを信じてここまで来てしまったんだろう？　もしかしてもうすでに催眠術でもかけられている？

胸が、苦しい。胃から何かせりあがってくるような感覚に世莉は息苦しさを覚えた。

「動くな、世莉。それが無いほうが、お前は幸せなんだよ」

考えが纏《まと》まらない彼女に向かって伸ばされる神威の手が、光っているようにさえ見える。が、それは違っていて、キラキラ光っているのは世莉自身で、神威は苦痛に顔を歪《ゆが》めた。

「くっ、なんだ？　これっ！」

お腹にある熱はどんどん上がっていき、光も強くなって世莉は目をぎゅっと瞑《つぶ》った。

なんなの？　これ――！

「神威、止めなさい！　世莉ちゃんの中の鞘《さや》が暴走してるんだ。落ち着いて、このままだと君の身体が持たない！」

そう言われてもどうしていいか分からない。湯呑《ゆの》みが倒れて、茶托《ちゃたく》がふわふわ浮いている。障子も破れ、机までガタガタ震えている。

どうしてこんなことに!?　これを全部自分がやっているなんて――。

自分の手を見ると、そこからユラリと炎のように何かが立ち昇っている。違う、手だけじゃない、全身から湯気みたいなものが沸き立っていた。この状況に、無知な世莉でもぞっとした。自分は一体どうなってしまったんだろう？　その恐怖にまたぞわりと力が膨れ上がる。

「頭を真っ白にして！　何も考えないように、心を落ち着かせて！」

考えないように？　どうやって⁉

そんなことは出来ないと、フルフルと首を振ると那智が「くっ」と眉《まゆ》をひそめた。

「仕方ない、無理やりにでも――」

無理やり？　なに？　どうするの？

じりっと近寄る那智の顔が険しい。伸ばされる手にドクンと心臓がブレて、バチッと静電気が彼の腕を弾いた。昨日と同じ現象に世莉はハッとした。昨日は神威が世莉に悪霊をけしかけた。だとすると今からは那智は何をする気なのか――？

「こっ、来ないで――っ！」

「がっ！」

「那智っ！」

鈍い音が聞こえて、世莉がそっと目を開けると、柱に叩《たた》きつけられ畳に倒れ込む那智の姿が見えた。小さく呻《うめ》く声に身体が震える。その状況を見つめる世莉を、神威とアキラの視線がゆっくりと捉《とら》えた。

なんで、そんな目で私を見るの？　もしかして、これ、私がやったの……？　いや……、なんで……？

「だ、れか……」

助けて――。

「世莉っ！　こっちを向け！」

声に反応して顔を向けると、神威の手が世莉に伸ばされる。だけど先ほど以上にバチバチと、静電気みたいな光が彼の手を襲っていた。

「やっ！」

「助かりたいなら俺を受け入れろ！」

そんなのどうやっていいか分かんない！　フルフルと首を振るだけの世莉に、神威は小さく舌打ちをして、それでもその手を伸ばした。

いやっ、これ以上近づいたら――。

神威の手が世莉の手を摑《つか》む。静電気なんて比じゃない衝撃に、世莉はぎゅっと目を瞑ったのだが、神威は構わず世莉を引き寄せる。次の瞬間目を開けると、至近距離に彼の顔があった。

「――っ!?」

その顔はボヤけて、ある意味真っ黒？　違う、近すぎてピントがあっていないのだ。ぐいっと後頭部を摑まれて、唇に何かが触れてる……？

……え？　これって、もしかして——。

「んっ……」

まるで嚙《か》み付くような行為に、息も出来ない。強く合わされた唇を振りほどこうとするのに、彼の手がそれを許してくれない。だけど苦しくて唇を開くと、スルリと入り込む何かが世莉の口内を優しくなぞっていった。

「——んっ……、ぁ……」

舌を絡め取られて、柔らかく吸われて、身体の力が抜けていく。与えられる温かさに、溶けて頭の中が真っ白になって……。

「……はっ、ぁ……、ハァ……」

どれくらいそうしていたのか、唇を解放されたときにはすっかり酸欠で、世莉はそのまま畳に座り込んだ。

「ったく、自分の力くらいコントロールしろ」

自分の力など知らないけれど、さっきまで立ち上ってた陽炎《かげろう》みたいな何かは綺麗《きれい》に無くなって、溢《こぼ》れたお茶は机からゆっくりと流れるだけ。机ももう震えていないし、なんの音も聞こえない。

「世莉ちゃん、大丈夫？」

その声に世莉は慌てて顔を上げた。すると那智はにこりと笑って、世莉の乱れた髪をそっと直してくれた。

「わ、私っ——、より、御厨さんは!?　だって、私がっ」

「大丈夫、不意を衝《つ》かれて吹っ飛んだけど、あの程度なんてことないから」

そんなはずない。あれだけ凄《すご》い音が聞こえたのに、那智の髪だって乱れているのに……。

「大丈夫。世莉ちゃん、どこか痛いところは？」

そんな優しい声に、思わず涙がポロポロ溢れてしまった。

「どこか痛い？」

その声にフルフルと首を振る。身体は痛くない。だけどどうしようもなくて、勝手に涙が溢れてくる。さっきのは何だったのか、本当に自分がやったことなのか、分からないだらけで那智の手の温かさにただ涙がこぼれてしまう。

「痛くもないのに泣くな、鬱陶《うっとう》しい！」

「…………」

「神威！」

その声に、世莉が思い出したのはさっきの唇の感覚——。

指先を唇に当てると、少し濡《ぬ》れているのが分かる。さっきのは夢でも幻でもないのだと、冷たい指先が教えている。

非常事態なのは分かる。でも他に方法もあったのでは？　いや、きっとあったはず。あんなことしなくても、あんなこと……。

「……だったのに」

「え？」

「あぁ？　聞こえねぇよ！」

「こら、神威！　なに？　世莉ちゃん」

そう、他人を傷つけたのもショックだったけど、それよりも――。

「初めてだったのにっ！」

世莉のファーストキスのことだ。

叫ぶ世莉に啞然《あぜん》とする那智とアキラ。

「だろうな」

そして、しれっとした顔でそう吐き捨てる神威。

「ななななっ、なん!?」

なんであなたにそれが分かるのよ！　という言葉はもはや言葉にはならない。

「あぁ？　鞘を受け入れたってこと、処女決定ってことだし」

「しょしょ!?」

なんで？　なんで、そうなるの⁉

口をパクパクさせる世莉の前で、那智やアキラは「それはねぇ」「まあねぇ」なんて相づちを打ってる。

「うーんとね、鞘と刀はお互いが唯一無二って言ったよね？　で、鞘は刀を入れるものだよね？　世莉ちゃんが女性だから鞘と同化出来たわけで、世莉ちゃんが他の『刀』を受け入れたことがあった場合、多分『鞘』は同化出来ないから、ね？」

「…………」

言いにくそうにオブラートに包んでる那智の説明だが、なんとなく、いや、かなり確実に理解してもらえただろう。そしてこんな超プライベートを、出会ったばかりの人間に暴露される世莉の気持ちも理解してもらえたら幸いだ。

「それにだ、今時の女子高生のくせにメイクもしてないし、色気なんて全くない。男が居ないなんてのバレバレ。でも、ま、キスくらいしたことあるかとは思ったけど、無かったか。ま、無いよな？　ははっ」

「…………」

目の前で笑う男に、世莉の中でふつふつと湧き上がる感情。

「か、神威、謝ったほうが……」

おろおろし始めた那智の前で、「御厨さん、捕まえてて」と世莉は静かに言った。

「え？」と那智が世莉を見れば、先ほどとは違うオーラを纏った彼女がゆらりと立ち上がる。

「ぶん殴るから！」

右手をぐっと握りしめて。

「はぁ？　お前、何言って！　那智！　やめろ！　アキラまで!?」

「世莉ちゃん、思う存分殴っていいから」

「うんうん、女の敵だよね。僕も協力するよ」

ジタバタ暴れる神威を、那智とアキラが二人がかりで羽交い締めしてくれる。

「ちょっ、だから俺は、暴走してるからそれを止めようとっ、やめろ――！」

神威が叫んでも暴れても、那智もアキラも神威を逃さない。だから世莉はゆっくり右手を振り上げて――。

「おいっ！」

「世莉ちゃん!?」

思いっきり、平手打ちをしようとしたところまでは良かったのだが、世莉の手は神威に届くことなく、その勢いのまま倒れ込んでしまった。

あれ？　身体に力が入らない？

奇妙な脱力感に世莉は頭の中で『?』ばかり浮かべた。

「放せよっ！」

視界に神威の足が見える。

「力の使い過ぎだ。それにさっき俺が口から奪ったしな」

仕返しされるかも！　と身構えていると、彼女の考えとは裏腹に、神威は優しく抱き起こしてくれた。

「鞘《さや》の力までは手が出ないから、お前本来の力を奪ったんだ」

「へ？　ちから……？」

こんな時だが、世莉の目に映る神威の銀色の髪は光に透けてキラキラしていた。整った顔に太陽のようにオレンジ色に輝いてる瞳《ひとみ》は、まるで綺麗な宝石のよう……。

「鞘の力っつっても、使うのはお前の身体なんだから、どうしても本体の力も消耗すんだよ。だからそれを奪えば……って、何ぼーっとしてんだ？」

「――え？　あ、いえ、って、え？　この腕っ!?」

見惚《みほ》れてたのを誤魔化して視線を逸《そ》らすと、神威の腕が見えた。その腕はまるで火傷《やけど》しているように赤く、場所によっては黒ずんでいるところもあって、思わず掴んでしまった。

「――っ」

「わっ！　ご、ごめんなさい！　痛いよね!?」

「……大したことない。すぐ治る」

「う、嘘っ！」

さっきは痛そうに顔歪《ゆが》めてたのに、神威はそれを隠すように捲《ま》くった袖《そで》を直した。

「早く消毒とかっ」

「それは霊症だからね、オキシドールつけても無駄なんだ」

「ならどうしたら!?」

慌てる世莉の頭を那智が「落ち着いて」とポンポンと頭を撫《な》でてくれる。

「大丈夫。治す方法はあるから。あと、世莉ちゃんにも再度術をかけたいけどいいかな？　さっきかけたのは簡単に破られちゃったから。本当はこんなことにならないように、かけたつもりだったんだけど……」

簡単に破られたんじゃ意味がなかったね、と言って那智は苦笑いした。

「あ、私のせいで……」

「違う。那智の術が甘いからだ」

「言うね、神威。ま、それは否定できないからそういうことにしておこう。だから、世莉ちゃんが気にすること無いんだよ。それより少し休む？　部屋を用意するけど」

「え？　やっ、そんなっ」

いいです、と言おうとしたのにその言葉を遮ったのは『ぐぅ？』と鳴る世莉のお腹《なか》。

「………」

「こっ、これはっ」

奇妙な沈黙に羞恥心《しゅうちしん》がハンパなく襲ってくる。おなかを抱えるように誤魔化してみたけど、その努力もむなしくみんなに笑われてしまった。

「お腹が空《す》いてちゃ休むにも休めないね。うん、なにか食べよう。瑠璃、玻璃」

那智が手のひらに人形をおいてそう呼ぶと、人形はみるみる大きくなって彼の手のひらから飛び出した。

「はーい、那智さま」

ステレオで聞こえるのは二人が同時に話しているから。

「ご飯にしよう。世莉ちゃんも食べるからとびきり美味《おい》しいものを作ってくれるかな？」

二人は「はーい」と答えて、足音も立てずに廊下を走っていってしまった。

「それじゃ待ってる間に禊《みそぎ》をしようか、神威」

那智の言葉に神威は頷《うなず》いて、世莉を座らせると立ち上がった。

「あぁ、世莉ちゃん、しんどいでしょ？　横になってても――」

「だ、大丈夫なんですか？　ちゃんと腕は、治るんですよね？」

身体はしんどいけれど痛くない。神威に比べたら、世莉の身体はお腹が鳴るほど健康体だ。

「大丈夫だよ、世莉ちゃん。世莉ちゃんが構わないなら見てる？」

「え？　見ててもいいんですか？」

「うん、禊をするだけだから」

「みそぎ……」

禊、という言葉を神社に住むものとして知らないわけじゃない。ただ自分が見ても大丈夫なのだろうか？　と思い世莉は尋ねたのだ。

因《ちな》みに、神社の手水場《ちょうず》で手と口を濯《すす》ぐのもプチ禊なのだけど……。

「うん。ふんどし一枚で御神水をかけてお祓《はら》いするんだけど」

ニコニコ笑いながら説明してくれる那智。

「ふ……、え!?　やっ、それはっ、ちょっとっ！」

ふんどし!?　ふんどしって言ったの!?　それ一枚!?　待って、見てもいいって、見ちゃうの!?　それって十八禁なんじゃ!?　と慌てふためく世莉にため息が一つ落ちてくる。

「ド阿呆《あほう》、なわけねぇだろ？　っつか、そんな姿、タダで見せてたまるか！」

「……へ？」

「ふふっ、世莉ちゃんは反応が可愛いねぇ」

「お金払ったら神威のふんどし姿かぁ。いくらかな？　ね？　世莉ちゃん」

「はい？　……あっ！」

3人の笑い声にようやくからかわれたことに気づいて、「もうっ」と言いながらも、世莉も一緒になって笑ってしまった。

「それじゃアキラ、お神酒《みき》取ってきてくれるかな？」

「おーけー。神威、欠片《かけら》も一緒に浄化するから出しといてね？　そのままじゃ素材にならないから」

アキラはそう言うと部屋から出ていった。

「……俺が悪いわけじゃねぇよ」

言われた神威は、不機嫌そうな顔でポケットから和紙に包まれたものを取り出した。和紙には墨で何か読めない漢字が書かれている。なんて書いてあるのだろうとのぞき込もうとして、神威に止められた。

「お前は近付くな」

その声に「うん、その方がいいね」とそれを那智が受け取り、ゆっくりと開き始めた。

「――っ」

すると、いきなり鈴の音が微《かす》かに頭に響き始めた。神威に初めて会った時と同じだ。警鐘のように鳴っているが、どこか共鳴しているようにも聞こえる。

「思ったより酷《ひど》くないな」

「多分だけど、鞘に反応して自浄したんだと思う」

「それは考えられるね」と言いながら、アキラが真っ白な徳利《とっくり》を手にして戻ってきた。

「刀は鞘に戻りたがるからね。でもその穢《けが》れのせいで反発するから、自らを浄化しようとする力が働いて、神威は世莉ちゃんに近づけたのかもね」

そんな説明に世莉は「はぁ……」と曖昧《あいまい》に納得することしかできない。理解するというより、受け入れるといった感覚が必要なのだろう。

アキラから受け取った徳利を那智が受け取り、そのお神酒をまっしろなお皿に注ぐ。そして、紙に包まれていたものをアキラがそっとお酒の中に浸した。

すると、鈴の音はどんどん小さくなって、綺麗《きれい》な共鳴音を最後に消えた。

「しばらくはそのままで。さて、次は神威だね」

そう那智が言うと、神威は腕を捲くってさっきの傷を見せた。

「禊祓《みそぎはら》いというのはね、伊邪那岐《イザナギ》が初めて行ったんだよ」

「え？」と、聞いたことのある名前に思わず反応すると、那智はニコリと笑う。

「妻である伊邪那美《イザナミ》に先立たれ、彼女を黄泉《よみ》の国まで迎えに行ったけれど、醜く変わり果てた妻を見て伊邪那岐は逃げ帰るんだ。そして、黄泉の国の穢れを水で濯いだ。それが禊祓いの最初だとされてるんだよ」

そう説明すると那智は床の間にあった榊《さかき》を持ってきて、お神酒をそれに振りかけた。

「……でも、それって酷《ひど》い旦那《だんな》さんじゃないですか？　醜くなったから逃げちゃうなんて」

素直にそう感想を言うと、那智は「そうだね」と笑う。

「でもその禊祓いで天照大神《アマテラスオオミカミ》、素戔嗚尊《スサノオノミコト》、月詠命《ツクヨミノミコト》の三神が生まれたんだから、必要なことだったのかもね」

そう言うと、那智はその榊《さかき》をまるで御幣《ごへい》のように振りかざした。

「高天《たかま》の原に神留《かみづま》ります　神漏岐《かむろぎ》　神漏美《かむろみ》の命《みこと》以《も》ちて……」

そして、禊祓いの詞《ことば》を口にした。榊からお神酒が雨のように、キラキラと神威の腕に降り注ぐ。那智の祝詞《のりと》は、今まで聞いていた祖父・尊のそれよりかなり心地良く世莉の心に響いた。祝詞が進むにつれ、神威の腕からどす黒い何かがお神酒と共に流れていく。それをアキラが真っ白な半紙に吸い取って、白かった半紙は斑《まだら》模様に変わっていった。

「天津神《あまつかみ》・国津神《くにつかみ》・八百万《やおよろず》の神等共《たちとも》に聞《きこ》し食《め》せと恐《かしこ》み恐み白《まお》す……」

詞が終わり、那智はほうっと息を吐いた。

「うん、大丈夫そうだね、神威」

「あぁ」

「え？　だって、まだ赤いのに!?」

確かにどす黒い何かはお神酒と一緒に流れ半紙に吸い取られたが、神威の腕はまだ赤い。

「うーん、これは霊症ではなくて物理的なものだからね。自然と治るから」

「大したことない」

神威はそう言って、捲くっていた袖を戻して隠してしまった。

「世莉ちゃん、見て？」

那智はそう言うと、斑になった半紙を手にしてヒラリと宙を舞わせたかと思うと――。

「わっ！　え？　なんで!?」

それを一瞬で炎に変えて、世莉の目の前から消してしまった。

「マジック。うーん、相手が世莉ちゃんだと反応が新鮮で嬉《うれ》しいなぁ。昔は神威も『凄《すご》い凄い』って両手叩《たた》いて喜んでくれたのに」

「るさい、そんなことしてない」

「えー、してたよねぇ、アキラ」

「うんうん、すぐに僕にも教えてって」

「止めろっ！」

こんな会話に世莉がクスクス笑っていると、障子がすーっと開いた。

「お昼は出雲《いずも》そばです」「出来上がりました」

「打ち立てです」「茹《ゆ》で立てです」

「美味しいです」「だから皆さま、お片付けしてください」

「それから卓上を拭《ふ》いてください」「そしたら皆さまでお食べください」

と、二人が交互に話すと「はいはい」と那智がテーブルを片付けて、アキラが布巾《ふきん》を受け取って拭いている。

「神威様は運んでください」「沢山あるから運んでください」

「なんで俺が」

「あ、私が手伝う――」

「駄目です」「駄目です」

「世莉様はお客様です」「座って待っててください」

二人に迫られて、世莉は「はい……」と座布団の上に座ることしかできなかった。

「ふふっ、気にしなくていいんだよ。瑠璃も玻璃も張り切って作ったみたいだね」

那智の言葉に二人共満面の笑みで「はい！」と答えるとどんどんお椀《わん》を机に並べていく。

「神威様、箸《はし》置きを置いてからお箸を置いてください」

「神威様、そもそもお箸が左右違います」

「だーっ！　お前ら煩《うるさ》いんだよ！　文句あるなら自分でやれ！」

「それなら神威様のご飯は無しですよ？」

「晩御飯も無しですよ？　ね？　那智様」

こんな3人のやり取りに那智は「そうだねぇ」と笑っている。

「だから手伝ってください」「だから働いてください」

二人にそう言われて、神威は「くそっ！」と悪態をつきながらも、言われるまま割子《わりご》そばを並べていった。

今なら那智の言ったことが、世莉にも分かる気がした。二人は式で、神威とは血の繫《つな》がりも無いと言ってたけれど、まるで親子に兄妹《きょうだい》だ。

「あ、瑠璃。僕のみょうがは入れないでって言ったのにぃ」

そんなアキラに二人は振り返って「駄目です」とステレオで返す。

「みょうがは身体にいいのです」「好き嫌いは身体に悪いのです」

そう言われて、アキラはしゅんとしている。彼は親戚《しんせき》のお兄さんといったところだろうか。

「それじゃいただこうか」

那智の声に皆で座って、「いただきます」と言ったのは世莉と那智とアキラ。

「神威様、お行儀が悪いです」「神威様、躾《しつけ》がなっていません」

「黙れ！」

無言で食べようとした神威が、二人に責められるのを見てまた笑った。

目の前には割子そばの入った丸い入れ物が３つ。普通のお蕎麦《そば》とは違って、お汁をそのまま容器の中に注ぐのが出雲そばだ。みんなもそうしているから、世莉もそれに倣って汁をそばの上にそのままかけていいただいた。

「ん、美味しい！」

口に入れた瞬間、お蕎麦の風味が口いっぱいに広がる。出雲そばは普通のお蕎麦よりちょっと黒い。その代わり風味はどんな蕎麦よりも強いのが特徴だ。一緒に載っかっている錦糸卵《きんしたまご》の甘みと海苔《のり》の組み合わせが最高で、お汁もそれらを邪魔しないやわらかい味だ。

「おい、玻璃、生卵の黄身だけ持って来い」

「あぁいいね。僕にもね、玻璃」

「神威様はいいですけど、那智様は駄目です」「コントロールが溜《た》まります」

「コレステロールだ」と突っ込んだのは神威だが、双子は止まらない。

「メタボになってしまいます」「病院行きです」

そうまくしたてる双子に那智は両手を合わせて、「大丈夫、今日は動くから、ね？」とお願いすれば、双子は顔を見合わせて思案する。

「分かりました」「うずらの卵を持ってきます」

そしてそんな答えに、世莉とアキラは大笑いしてしまった。

美味《おい》しいお蕎麦に楽しい会話。こんな人達が悪い人のはずがない、と思うのはあまりにも単純だろうか？

「世莉様、ぜんざいもございますが」「いかがいたしましょう？」

「いただきます！」

でも、世莉にはそれで良《い》いような気がした。

5. 出雲大社《いずもたいしゃ》の謎解きをするとか、しないとか。

「まずは、なんでハバキリの欠片を集めてるか話さないとね？」

全員、ぜんざいも食べ終わって、美味しいお茶でホッと一息ついているとき、那智《なち》がそう持ちかけた。そんな声に世莉は「それは……、もういいかなぁと」と愛想笑いで返す。

もうすでに彼女の中では解決していることで、そんなのは必要ないのだ。

「ありがとう。でも、きっと話した方がお互いすっきりすると思うし。あぁ、そうだ。まずは世莉ちゃんに力を抑える術をかけてもいいかな？」

「あ、それはお願いします」

けれど、さっきのこともあるし、そう答えると那智はお神酒とさっきと同じまっしろなお皿を持ってきた。

「それじゃ、世莉ちゃん始めるね」

「はい」と答えると、お神酒で清められた那智の指先が、世莉の額に止まった。

「ひふみよいむなや、ここのたり……。ふるえゆらゆら、ゆらゆらとふるえ」

聞いたことのない詞なのだが、すぅっと触れた額から何かが染み込んでいくのが分かる。

そして、那智の指は世莉の額に印を描いて離れていった。

「……終わり、ですか？　御厨《みくりや》さん」

あまりにも呆気《あっけ》ない儀式にそう聞いたのだが、那智はなんだか不満そうだ。

「うーん、神威《かむい》だって名前なんだから僕も那智でいいよ」

そこ？　と思ったが真顔で言うものだから、世莉は「なら、那智さんで」と笑った。

「さて、説明するとね、今のはひふみ祝詞って言ってね、世莉ちゃん自身の力を高めたんだ。勿論《もちろん》『魂鎮《たましずめ》』の役割も果たすから一石二鳥！　とってもお得なんだよ？」

「はぁ……」

まるで通販的な説明に信用してもいいのか……、さっきまでの信頼まで揺らいでしまう。

「これ、世莉ちゃんにも教えるから」

「え？　私に？」

驚く世莉に那智は笑顔のままで頷《うなず》く。

「また鞘《さや》の力が暴走し始めたら、このひふみ祝詞を自分で唱えるんだ。そうすることで抑えることが出来るから」

「え？　やっ、でも私にそんな力なんて！」

「大丈夫」

全力で首を振る世莉に、那智は涼しい顔でそう言って彼女の頭をポンポンと撫《な》でた。

「鞘を受け入れてなお平気って言うのは、力があるからなんだ。だから自分を信じてこの詞を唱えて？　そうすれば絶対に大丈夫だから」

強くそう肯定されると、それ以上否定は出来なくて、それでも自信なさそうに「はい」と答える世莉に、那智は「大丈夫だから」ともう一度繰り返した。

「あ、あのっ、私のことより那智さんは……？」

あんなに派手に吹っ飛んで柱にぶつかったというのに、那智には治療らしいことは何もしていない。それを不思議に思ってそう聞くと、那智は涼しい顔で「大丈夫」と同じ言葉を口にした。

「咄嗟《とっさ》だったけどね、ちゃんと身代わりを立てたから」

「身代わり……？」

繰り返す世莉に那智は「そう」と答えて、懐からそっと取り出したのは、木製の小さな人形だったもの。それはすでに首が折れ身体は割れて、もはや木屑《きくず》としか形容できない。

「黒曜《こくよう》といってね、僕の影として働いてる」

「……あ、あの」

「大丈夫、直るから。世莉ちゃんが気にすることはないよ」

そう言って、那智はまたそれを大事そうに懐にしまった。

「……ごめんなさい」

きっと、那智にとって瑠璃《るり》や玻璃《はり》同様、子供のような存在なのだろう。大切に扱う彼の仕草にそれを感じて謝ると、ふわりと頭に温かな手が落ちてきた。

「世莉ちゃんが気にすることじゃない。でも、もしかしたら次は人形じゃなく、生身の人を傷付ける可能性もないとは言えない。だからこれから世莉ちゃんは、その力をコントロールすることを覚えなくちゃいけない。分かるかな？」

そんな優しい言葉に世莉はコクンと頷くと那智は「いい子」と微笑む。そして、早速ひふみ詞を紙にも書いてもらい、世莉はそれを大事にポケットにしまった。

「それじゃ、今度はハバキリの話だね。出雲大社に行きながら話そうか？」

「出雲大社？」

なんでそんな場所が出てくるのか。不思議に思って聞き返すと、那智は「ちょっとしたドライブだよ」と言いながら立ち上がった。

「行ってらっしゃい。おみやげ待ってるね？　久々に生ドラヤキが食べたいなぁ」

「皆様、お気をつけて」

「皆様、お早いお帰りをお待ちしております」

アキラと双子に見送られて、世莉と那智、そして「なんで俺まで……」とブツブツ文句を言っている神威と車で出発した。

「アメノハバキリが素戔嗚尊《スサノオノミコト》の物だということは話したよね？」

「はぁ……、えと、ヤマタノオロチを倒したときに折れちゃった剣ですよね？」

そう答えると「正解！」と、拍手でもしそうな勢いで那智は世莉を褒めた。

「なら、そのヤマタノオロチから出てきた剣は？」

「天《あめ》の叢雲《むらくも》、ですよね？」

世莉の回答にも那智は満足そうに「うんうん」と頷いた。

「その天の叢雲がその後どうなったのか、素戔嗚尊はどうしたのか知ってる？」

「え？　えと……、天の叢雲って重要文化財なんじゃ……？　あれ？　草薙剣《くさなぎのつるぎ》？ん？」

聞いたことはあるけれど、一般的な知識なんてそんなもんだ。

「少し詳しく話そうね。古事記《こじき》では、素戔嗚尊は天照大神《アマテラスオオミカミ》に高天ケ原《たかまがはら》を追放され、出雲《いずも》にたどり着いた。そこで櫛名田比売《クシナダヒメ》に出会いヤマタノオロチを倒す。そこから出てきた剣が天の叢雲。素戔嗚尊はそれを天照大神に献上するんだ」

「はぁ……」

聞いたことのある単語はあるけれど、古事記なんて聞いたことはあっても読んだことなどない。古典の授業に出ることもなければ、歴史の時間に『古事記』という文字があるだけ、というのが一般的だろう。

「時間は進んで、素戔嗚尊《スサノオノミコト》の6代後に生まれた八千矛神《ヤチホコノカミ》、後の大国主命《オオクニヌシノミコト》が出雲をさらに発展させる。豊かな出雲に目をつけたのが天照大神《アマテラスオオミカミ》。自分の孫を降臨させ、大国主命に国を献上せよと迫った。この豊かな国は、高天ヶ原の子孫が支配するのに相応《ふさわ》しいと言ってね。どう思う？」

「……なんか、ズルいですよね？」

ごく普通の神経の持ち主ならそう感じるだろう。そんな世莉の意見に那智も「だよね？」と相槌《あいづち》を打った。

「大国主命もすぐには首を縦に振らなかった。最初の遣いの者は懐柔し、二人目は娘の婿にした。天照大神は何年経っても自分のものにならないと怒り建御雷神《タケミカヅチノカミ》という武神まで遣わし、武力行使まで行った」

「なんか、天照大神のイメージが……」

天照大神と言えば、日本で一番有名な女神。しかも、神々を統べる頂点に立つ神だ。那智の言い方もあるが、それにしても酷《ひど》いとしか思えない所業に世莉は表情を曇らせた。

「壊れていく？　そうかもね。でも日本の神々は誰も完璧《かんぺき》ではないし、人間くさいんだ。最初の伊邪那岐《イザナギ》と伊邪那美《イザナミ》もそうだったでしょう？」

言われてみれば……、と世莉はコクンと頷いた。

「話を戻そう。建御雷神に迫られ、結局大国主命は出雲を天照大神に譲った。これが『国譲り』のお話。聞いたことない？」

　那智にそう聞かれ、世莉は「はは……」と笑って誤魔化すと、「阿呆《あほう》だな」なんて神威の声が聞こえて、唇を尖《とが》らせるが彼は涼しい顔で窓の外を眺めていた。

「その時、大国主命は条件を出した。『高天ヶ原《たかまがはら》の神々のように自分を祀《まつ》りなさい』とね」

「……それ、天照大神さんは受けたんですか？」

『献上』というくらいだ、天照大神としては完全に下に見ていたはずなのに。それを自分たちと同じように祀れなんて、どう考えても気分のいいものではないだろう。

　そんな世莉の質問に那智は「うん」と答えた。

「だから今、出雲大社があるんだよ。前にニュースにもなったの知らない？　大きな大木を3本纏《まと》めて柱にした御柱の跡が見つかったって」

「あー！　それは知ってます。出雲大社の博物館でも見たし、記念碑も見ました！」

　今の出雲大社が建て替えられる前は、48メートルもの高さの社殿があったというニュースだ。それを想像した模型が、出雲大社横の博物館にも展示してある。

「そして大国主命は神となり出雲大社に祀られることになったけど、変だと思わない？」

「……えっと？」

　なにが変なのか分からない世莉に、「阿呆」と隣から口を挟んできたのは神威だ。

「この国の神々の頂点は天照大神だと言いながら、十月にはこの世界のことを決めるため八百万《やおよろず》の神々が出雲に集まる。おかしすぎだろうが」

「あっ、神在月《かみありづき》？」

そう、日本各地で十月を神無月《かんなづき》と呼ぶのに、出雲では神在月と呼ばれている。神々の頂点が天照大神《アマテラスオオミカミ》だと言うのならば、集まる場所は伊勢《いせ》でなくてはおかしい。

なぜ、神々の会議は出雲で行われ、そして神々はここ出雲に集まるのか？

「変、だとは思いますけど……」

まるで神様はこの世に存在するのを前提とした話に、なんと答えればいいのか。勿論、神社の娘としては神様の存在を否定するわけにはいかない。けれど神様は心の中に存在するもので、言ってみれば精神の拠《よ》り所というか、簡単に言えば『苦しいときだけ神頼み』的な存在だろう。そんな世莉の考えを読み取ってか、那智は「分かるよ」と軽く笑った。

「大の大人が神様だのなんだのって、ちょっと色々疑っちゃうよね？」

「いえ、そんなことは……」

そこを否定するつもりはない。それを拠り所にしている人も居るだろうし、信じる者は救われるという言葉が示すとおり、信じる人から見れば神はちゃんと存在するのだ。

だからこそ、日本にはそこかしこに神社やお宮があって、人はそこに集う。そして集うことで力が示されるのだから、否定することは難しい。

「古事記自体神話だしね。そもそも天皇家を天照大神の子孫だと位置づけるために書かれたものだから、内容はかなりご都合主義だ。でも、だからといって全てが嘘なわけじゃない」

「え？」

世莉が聞き返したとき、車は止まり那智は後ろに座る彼女に振り返った。

「着いたよ。散歩でもしようか？」

車を降りて見渡せば確かに出雲大社の駐車場。何度か見たことのある景色に世莉は小さく伸びをした。そんな世莉とは対照的に、苦虫でも噛《か》み潰《つぶ》したような表情の神威がいた。

「……もしかして、車に酔った、とか？」

「違う」

「神威はこの場所が嫌いなんだよ」

「え？　嫌い？　出雲大社が⁉」

そんな人を聞いたことがなく驚けば、神威は「るさい！」と声を荒らげた。

「神威、平常心だよ。これも修行だと思って」

「分かってる！」

まるで拗《す》ねた子供のような態度に、那智は肩をすくめながら「世莉ちゃん、行こう」と歩き始めた。

実は駐車場から歩くと、二の鳥居からくぐることになる。一の鳥居、大鳥居は神門《しんもん》通りの入口にあるのだ。那智は、二の鳥居の前で一度足を止め、軽く頭を下げた。それに倣い、世莉も神威も頭を下げる。

「最近はテレビの影響なのか、鳥居の前で礼をする人が増えたし、真ん中も歩かなくなってきた、と言いたいところだけど」

三人の前には鳥居のど真ん中でカメラの三脚を立て、ポーズをとる外国人の姿があった。

「宗派が違うから許される、という訳ではないのだけどね」

そういって苦笑いする那智に、世莉も同じ苦笑いで返した。

敷き詰めた砂利道を歩いていると、世莉はなんとなく視線を感じて辺りを見回した。ここは出雲で観光客は絶えない。その観光客がなんとなくこっちを見てる……？　いや、厳密に女性観光客が、だ。その視線を追いかけると……。

「んだよ？」

隣にいる神威で、世莉は「いえ、なんでも」と口にしながら納得した。

性格はどうであれ、見た目は派手だ。整った顔立ちというのが一番かも知れないが、それ以上に光に透ける銀色の髪に、宝石のようなオレンジの瞳《ひとみ》、目立つなという方が無理というものだ。しかも、少女マンガよろしくスタイルまで完璧ときている。

「キモイ、見んな」

「………」

問題はこの性格だろう。これを知らなければ○○王子なんてニックネームがついてもおかしくないかもしれない。

「ふふ、神威は照れてるんだ。基本がツンデレだから分かりにくいよね？」

「照れてねぇ！」

「はは……」

まだ『デレ』たところ見てないですけど？　と世莉は心で呟《つぶや》いて笑って誤魔化した。

「あー、ねぇ、そこの派手なノ！　写真撮ってテ？」

アジア人の顔だが、言葉のイントネーションがおかしいのは外国人だからだろう。先程まで三脚を立てて数人で撮っていたのに、どうやら遠隔操作が上手《うま》く出来ず、一番目立つ神威に声をかけてきたようだ。その彼らに神威は露骨に嫌な顔をした。

「……断る」

「ハイ？　よくワかりません。カメラを」

「嫌だと言ってる」

神威がギロリと睨《にら》むと、相手の顔つきも一瞬で変わった。

「日本人は『オモテナシ』の Spirit で」

「礼儀も知らん外国人が、聞いたようなことを口にするな。さっさと国へ帰れ」

「You drive me nuts……（お前、いらつくな）」

神威の態度に相手の空気も変わる。一緒にいた彼の仲間も異変を察して近づいてきた。

チリーン……。

世莉の頭の中で鈴が鳴った。ざわりと胸の奥がざわめき始めるのが分かる。

「神威、止めなさい」

彼らの間に入ったのは那智だ。

「別に俺は何もしていない」

そう言い張る神威に那智は、小さくため息をついて、外国人達に向いた。

「Sorry, We're in a hurry」

そう言って先に進もうと神威の背中を押して歩き始めたのに、一人が神威の肩を摑《つか》んだ。

「Don't push your luck!（調子に乗るなよ！）」

そして殴りかかる彼に、世莉は分かってしまった。

「ハバキリ！」

さっきの音が、警鐘と共鳴する音だと咄嗟《とっさ》に理解したのだ。

「世莉ちゃん!?」

「この人持ってます！　ハバキリの欠片《かけら》！」

それを踏まえて男を見れば、どす黒いオーラを纏った何かが男の懐に浮かんだ。それが何かはハッキリとしない。けれど聞こえる鈴の音で、それがハバキリだと確信したのだ。

「なら、遠慮なく！」

神威は彼の拳《こぶし》をいとも簡単に避《よ》けると、その手を掴んで膝《ひざ》で鳩尾《みぞおち》に一発。さらに、くるりと反転し腕をねじり上げてると、地面に濃厚なキスをさせた。

「神威！　そこまでだ！」

一瞬の出来事に、那智以外誰もが呆然《ぼうぜん》としていた。けれど、すぐに我に返り動きを取り戻す。一緒にいた外国人達は、お互い顔を見あわせ早口で言葉を交わす。そして彼を助けるのかと思えば一目散に逃げていき、神威に捕まった彼だけが警備員に引き渡された。

「ちょっとゴメンね？」

その際、那智は男の懐から小さなナイフのようなものを奪った。

「小柄《こづか》だね。これ、どうしたの？」

那智はそう聞いたが、外国人はふいっと顔を背け何も言わない。その態度に「いいよ、連れて行って」と警備員に告げた。

「……那智さん、それ」

「気持ち悪い？」

そう聞く那智に、世莉は少しばかり渋い顔でコクンと頷《うなず》いた。

「でも、さっきよりマシっていうか……」

外国人が殴りかかってきたときにはもっと黒く淀《よど》んでいるように見えたのに、那智の手にあるそれは先ほど見えた黒さより薄くなっているように思えた。

「飼い犬は飼い主に似るって、よく言うでしょ？」

「はい？」

「持ち物にしてもそう。持ち主によって物も変わる。こういったものは特にね」

那智はそう言って手の中にある小柄をそっと自分の懐に入れた。

「あ、私咄嗟にあんなこと言いましたけど、本当かどうかなんて――」

確証は全くない。ただ、そう感じただけ。

「間違ってねぇよ」

不安そうな世莉にそう言ったのは神威だった。

「うん、僕もそう思うよ。鞘《さや》と同化した世莉ちゃんがそう感じたのなら間違いない」

「……えと、そう言われちゃうとやっぱり自信が無いですけど」

昨日からいろんなことが起きたけど、やっぱり実感はない。だからそんな風に絶対的な信用を寄せられても困ってしまう。そんな世莉に那智は「大丈夫」と彼女の頭をぽんと撫《な》でた。

「手にとって僕もそう感じたからね。間違いないよ」

そんな那智の言葉にホッとして、世莉は笑みを浮かべた。

「あ、それが欠片だったら結構な大きさですよね？　今まで集めたのを合わせたら――」

「阿呆、世の中そんな単純じゃない」

喜ぶ世莉に水を差したのは勿論《もちろん》神威で、ムッとする彼女に那智は苦笑いで返した。

「うーん、残念ながら神威の言うとおりでね。小柄には勿論ハバキリが使われてるんだけど、きっとほんの欠片だろうね」

「え？　欠片？」

繰り返す世莉に那智は「うん」と頷く。

「勿論、欠片だとしても力はあるから、それを感じることのできた鍛冶《かじ》師が練り込んで小柄に仕上げたんだと思うよ？」

「えと……、そうなるともしかしてすごく小さい、とか？」

「かもね？」と笑いながら那智は歩き始めた。

「話を戻そうか。さっきも言ったように、神話といっても全てが嘘じゃない。２０００年頃に発見された大量の銅の剣を知ってるかな？」

「あ、それも博物館で！」と、答える世莉に那智は「そっか」と相槌《あいづち》を打つ。

「その発見により、出雲《いずも》族と大和《やまと》族は争っていたという裏付けにもなってる。つまりは、あの古事記は神話と見せかけて、出雲族を倒し大和族が日本を統治したことを示しているとも言えるんだ」

「……出雲族、ですか？　あ、でも天照大神《アマテラスオオミカミ》と素戔嗚尊《スサノオノミコト》は姉弟なんですよね？　それなら元は同じ種族ってことになりませんか？」

同じ種族同士、今までの歴史で戦うことがなかった訳ではないが、元が同じならもしかしたら上手く融合できた、という可能性が無いわけでもない。世莉のその考えを察してか、那智も一度は頷いたのだが「でもね」と返してきた。

「昔から、親の子殺し、兄弟殺しは定番だからね。『旧約聖書』だって人類最初の殺人は兄弟殺しだ。古事記だって、伊邪那岐《イザナギ》が伊邪那美《イザナミ》を殺したのはお前だと言って自分の子供を手にかけてる」

「……聖書、ですよね？」

信じられない、と言った口調の世莉に、那智はクスリと笑った。

「所詮《しょせん》、人の書いたものなんだよ」

そうなると、結局この世には神様は居ない、ということになるんだろうか？　首をひねる世莉に「手水《ちょうず》、しよっか？」と声をかけた。

「神威、気を鎮めなさい」

そして耳元で囁《ささや》く那智に神威は苦々しい顔で「分かってる」と答えた。

手水舎《や》で、杓子《しゃくし》を手に取る。それで水をひとすくいしたら、まずは左手を清め持ち替えて反対の手を、さらに持ち替えて左手に水を溜《た》めて口を清める。残った水を手に持っている杓子の柄に流せば完璧《かんぺき》だ。

「うーん、流石《さすが》神社の娘だね。完璧だ！」

隣に観光客がいるのにベタ褒めな那智に、世莉は照れながら「普通です」と手を拭《ふ》いた。

「さて、大国主命《オオクニヌシノミコト》の話だけどね。彼は自分の兄弟に2度も命を狙われ、根《ね》の国にいる素戔嗚尊《スサノオノミコト》にまで力を借りてこの出雲を作り上げた。そんな彼が、気持ち良く天照大神《アマテラスオオミカミ》にこの出雲を譲ったと思う？」

「……難しい、ですよね？」

そう考えるのが普通だろう。勿論、いろんな考え方、解釈の仕方はあるだろう。神として祀《まつ》ってもらえるのなら、という考え方だって出来る。

そんな答えを出した世莉に那智は頷きもせず、まっすぐに前を見据えた。

「ねぇ、世莉ちゃん。太宰府天満宮《だざいふてんまんぐう》って知ってるかな？」

「太宰府ですか？　それはまぁ……」

九州福岡にある、太宰府天満宮を知らない日本人は少ないだろう。

「だよね？　そこに祀られてるのは？」

「菅原道真《すがわらのみちざね》、ですよね？」

こんなことだって知ってて当然。

「なら、なんで彼がそこに祀られてるのかは知ってる？」

そんな質問にも世莉はコクンと頷いた。

「頭がいい人だったからですよね？　だから学問の神様って」

「お前、本物の阿呆《あほう》か？」

「なっ!?」

振り返れば、神威が呆《あき》れるようにため息までついている。そんな彼に「神威」と那智が窘《たしな》めるが、そんな彼も完全に苦笑いだ。

「確かに彼は頭が良かったみたいだね。でも、それは後付理由だよ」

「はぁ……」

昨日から説明づくしで、もう頭はパンクしてしまいそうだ。

「簡単に言うと、異例の出世に嫉妬《しっと》されて政敵に濡《ぬ》れ衣《ぎぬ》を着せられ、彼は大宰府《だざいふ》に左遷されたんだ。彼は京に帰ることなく亡くなり、その後、彼を左遷に追いやった者たちが次々と亡くなった。天皇家に至るまでね。それを道真公の祟《たた》りだと人々は口にし、その御霊《みたま》を沈めるために北野天満宮《きたのてんまんぐう》が建てられ、彼は学問の神としてそこで祀られたんだよ」

「へぇ……、え？　あ、もしかして――」

那智の話に繋《つな》がるものを感じて声を上げると、彼も小さく頷く。

「そう、ここ出雲大社に祀られてるのは大国主命《オオクニヌシノミコト》。そして祀られた理由は――」

真っ直ぐに見つめる先には、参拝所が見える。その向こうに八足門《やつあしもん》がありその中には本殿が、そこに大国主命は祀られている。

「彼の御霊を鎮めるため。彼の祟りを恐れ建てられたのが、出雲大社なんだよ」

那智の言葉に、世莉は思わずコクリと喉《のど》を鳴らした。

「とは言え、それが本当かどうかなんて確かめようもないんだけどね。それに折角だし参拝しちゃおうか？」

さっきまでのシリアスさはどこに消えたのか。ニコリと笑う那智について行けず、世莉は「はぁ……」と気の抜けた声で返した。

「世莉ちゃん、出雲大社の参拝方法って他と違うのを知ってるかな？」

「えと、二礼四拍手一礼、ですよね？」

一般では『二礼二拍手一礼』が神社における普通の参拝だ。けれど、ここ出雲大社では四拍手となる。

「どうしてなのか知ってる？」

「えーっと、四合わせと幸せをかけてるんですよね？」

昔聞いた説明を思い出してそう答えると、那智も「うん、正解！」と答えてくれる。

「そんじゃ、やってみようか。はい、お賽銭《さいせん》」

「え？　お賽銭なら私自分でっ」

「いいのいいの」

「…………」

無理やり渡されたのは、五円玉。

「ここはご縁の神様だよ？　それにお賽銭は五円と相場が決まってる」

そんな説明にクスリと笑うと「ほら」と急《せ》かされて、世莉も那智に倣ってお賽銭を放った。それから三人で二礼して四拍手、そして最後にまた一礼した。

「…………」

いきなり出雲大社に来て、何をお願いすればいいのか。何も浮かばず、最後の一礼から頭を上げられなくなっている世莉に「行くよー」なんて声が投げられて、世莉は慌てて少し先を歩く二人を追いかけた。

「もしかしてお願い事しそびれた？」

「え？　やっ、だって！」

図星を指されて慌てる世莉を那智はクスクス笑う。

「基本、神様にお願いなんて苦しいときだけだよ」

聞き覚えのあるセリフに世莉は「あ」と声をあげた。祖父にも言われたことがある『神様はお願いするものじゃない。感謝するものだ』と。それでも手を合わせればやっぱりお願い事を考えてしまうのは、条件反射みたいなものだ。

「そうそう、さっきの話ね。あのね、世莉ちゃん、数字の四は死も意味するんだよ」

「……え？」

参拝を終えて立ち止まったのは八足門。一般参拝者はこの門をくぐることはできない。この門から本殿を眺め拝むだけとなる。

「大国主命《オオクニヌシノミコト》の祖先は素戔鳴尊《スサノオノミコト》だと教えたよね？」

「あ、はい」

ついさっきの話だから流石に覚えてる。

「その素戔鳴尊は死者の国に住む母親伊邪那美《イザナミ》を慕っていた。さらには大国主命が素戔鳴尊に会いに行った場所は根の国、そこは死者の国ではないのかという話もある」

「……え？」

大国主命と言えば、七福神の大黒様《だいこくさま》とも言われている。なのに、こんなにも『死』が付きまとうなんて――。

「御厨様」

「ひゃあ！」

そんな話の最中、いきなり後から声をかけられて、世莉は驚きの声を上げた。咄嗟《とっさ》に隠れたのは神威の背中で、摑《つか》まれた主がこの上なく不快な顔で振り返った。

「阿呆、離せ」

呆れ顔の神威の言葉に、「あはは」と那智の笑い声が重なる。

「そんなに驚かなくても。ほら、世莉ちゃんご挨拶《あいさつ》」

そう言われて、世莉は慌てて声の主に向いた。

「あ、あのっ、私っ、久遠《くおん》世莉といいますっ！」

ちゃんと自分の名前を口にして、ペコリと頭を下げると、目の前の着物姿の男性は柔らかい笑みを浮かべて「これはご丁寧に」と会釈してくれた。

「私はここの事務員をやっております、平田《ひらた》と申します。それで御厨様、今日はどのようなご用件で……？」

なんとなく、なんとなくだが歓迎してる風ではない態度に世莉は気づいてしまった。

「いえいえ、うちの見習い巫女《みこ》さんに出雲大社を説明しに来ただけなんですよ。あれを捕まえたのはただの偶然で――、あぁ、そうそう、これを持ってたのでちょっと預かってました」

那智が差し出したのは、先程の外国人が持っていた小柄だ。

「そうでしたか！　いえ、それはご苦労様です。警備員が連れてきた外国人は他にも盗品を所持していましたのでそのまま警察に引き渡そうと思います。それでその小柄は……」

質問は最後まで言えていないが、小さく頷《うなず》く那智に平田は「そうですか」と静かに答える。

「うちで引き取っても？」

那智がそう提案すると、平田は「よろしくお願いします」と頭を下げた。

「それで宮司には……？」

「先程も言いましたようにただの観光ですよ。これはまぁ、ちょっとしたオマケみたいなものです。何かあって来たわけではありませんから」

明らかにホッと息を吐く平田に、違和感を覚えるのは世莉だけではないだろう。けれど神威も何も言わないし、那智も「それじゃ」と軽く会釈をして歩きはじめるから、世莉も彼の後ろを歩き出した。

「世莉ちゃん、知ってる？　ここでは参拝したら反時計回りに散策するのが――」

「なんか、あるんですか？」

玉砂利の音にお互いの言葉が繋がらない、わけでは無い。だけどここまで聞いて誤魔化されるのも悲しくて、つい口にしてしまった。

「あ、あのっ、言いにくいなら別にっ」

だからと言って自分に何か出来るような力がある訳でもないことに気がついて、慌ててそう言うと、那智は少し驚いてそれから苦笑した。

「うん、ごめん。僕から説明するって話してたのにね」

「いえ、そんな……」と、遠慮がちな世莉に那智は「続けようか」と笑った。

「出雲大社は特別でね、宮司が世襲制って知ってる？」

唐突な話題に「あ、えと」と言いながら、記憶をたどった。

「確か、以前皇族の方とご結婚とかでニュースになってたから……」

そのニュースで知った人も多いだろう。ここ出雲大社の宮司は天皇家に次ぐ歴史があり、祖先は天皇家と同じ天照大神《アマテラスオオミカミ》の子孫だ。昔から千家《せんげ》一族がここの宮司で、『出雲大社教』という宗教法人でもある。片や同じように歴史のある伊勢神宮《いせじんぐう》の大宮司は世襲制ではなく、戦前までは天皇陛下の勅裁により任命されていた。

「ここの本殿には出雲国造《いずものくにのみやつこ》家のみが立ち入ることができ、天皇といえども立ち入ることが出来ない、ある意味不可侵な領域なんだよ」

「え？　それって伊勢神宮よりも出雲大社の方が上、とか？」

日本で一番有名な神社といえば、やはり伊勢神宮だろう。だからこその世莉の言葉だが、那智は「それはないなぁ」と笑い、神威も「阿呆」と小さくつぶやいた。

「やっぱり一番は伊勢神宮だね。神社の格付けにも伊勢神宮は載ってない。余所《よそ》と比べる必要もないほど、格が上って意味でね」

「……なら、なんで天皇陛下ですら入れないんですか？」

素朴な質問に少し後ろを歩く神威から、盛大なため息が漏れた。

「お前、人の話聞いてるか？　天皇は誰の子孫なんだよ」

「――あっ！」

そう、天照大神の子孫とされてる。そして、ここに祀られているのは大国主命《オオクニヌシノミコト》となれば、天皇家が本殿に上がることが出来ない理由はひとつしかない。

「そっ、それなら前あった婚姻って大事《おおごと》なんですか!?」

慌ててそう叫ぶ世莉に、那智は「そうだねぇ」と呑気《のんき》に答えた。

「天皇家にしても千家にしても、世代が進むたびに血も薄くなるからね。今となっては形式だけが残ってるってところかな？」

確かに、婚姻してから数年経っているが『何か起きた』なんてニュースは聞いていない。

そんな事実に世莉はホッと息をついた。

「そうですよね？　今の世の中で祟《たた》りとかそんなの——」

「体験までしたくせに、学習能力ないな？　お前」

「…………」

祟りなんて、と言いたいが、今までいろんな経験をしてしまったから、笑う神威に反論も出来ない。しかしそうなると大国主命の祟りは未《いま》だにあるということなのだろうか？

「大丈夫だよ」と那智に背中をトンと叩《たた》かれ、世莉はハッと顔を上げた。

「天皇家と結婚とか、千家の宮司とか、そんなのは些末《さまつ》な問題なんだから」

「…………」

なら、問題となるのは何だろうか？

「ほら、世莉ちゃん。ここには素戔嗚尊《スサノオノミコト》が祀《まつ》られてる。知ってる？　ここはさっきの参拝所からみて真正面なんだ」

そこは素鵞社《そがのやしろ》で、確かに素戔嗚尊《スサノオノミコト》の名前があった。

「大国主命《オオクニヌシノミコト》は拝殿所に向かず、西を向いて座ってる。なんでだろうね？」

そういえばと、世莉も思い出した。以前来たときも、拝殿から反時計回りにお参りをした。そして本殿の西側に「神座は西向き」という立看板があったのだ。そのときは何も思うことはなかったのだけど……。

「なんで、ってきいたらダメですか？」

もはや怖いもの見たさなのかもしれない。恐る恐る聞く世莉に那智はクスリと笑った。

「後ろに素戔嗚尊の社があるんだよ。彼は祖先だから背中を向けられないってことらしい」

「あ……、あぁ！　なるほど！」

そんな答えに世莉はホッとしたのに、「でも——」と続く言葉に、身構えてしまった。

「それなら東の方がよくない？　だって太陽は東から昇るんだから」

言われてみればそのとおりだ。なぜ西なのか……。

「ま、西にある故郷を見てるとかいろんな説があるから、結局のところどれが本当かなんてわからないし、所詮《しょせん》『神話』なんだよ」

そう言って立ち止まったのは、大国主命の真正面に当たる場所で、それを説明した看板があるところ。

そこに立った瞬間、世莉は少しだけ背筋に冷たいものを感じて、大国主命がいるであろう方向を見た。勿論《もちろん》、見たところで神座が見えるはずもない。

だけど、感じるのだ。まるで見られているかのような感覚。

チリ……ン。

微《かす》かに聞こえる鈴の音。でもここは出雲大社で、神様の居る場所なのに――。

いや、違う。今までは警鐘を鳴らすような感じだったり共鳴するような音だったのに、そのどちらとも違って――。

「どう？　神威」

その声に振り向けば、神威も同じように大国主命の神座の方向を見つめていた。その表情は少し苦しそうで、切なそうにも見える。

「……変わりない。まだ大丈夫だ」

そんな意味不明な言葉なのに、那智は「そう」と答えて同じように神座の方を見た。

「まぁ、何かあっても僕《ぼく》じゃ役不足だけど……」

なんのことを言っているのか、それにどうしてそんな憂いを帯びた顔なのか……？　不思議に思って那智を見る世莉に、彼はフッと笑った。

「行こうか、世莉ちゃん」

「あ……、はい」

結局、何をしに来たのだろうか？　大国主命《オオクニヌシノミコト》の話？　いや、そもそもなんでハバキリの欠片《かけら》を集めているのかを教えてもらうためだったはずだ。なのに、出雲大社を参拝して一回して終わり、なんて――。

「あ、あのっ」

「うん、何か食べながら話そうか？　知ってる？　ぜんざいって出雲発祥って」

「え？　ぜんざい？　や、それは知らなかったですけど……」

「神が在る餅《もち》と書いて、神在餅《じんざい》から訛《なま》ってゼンザイになったんだって」

「はぁ……、あの、でもさっき食べましたよね？」

世莉の言葉にハッとして、那智は笑顔のまま固まった。

「甘いもの食べすぎると糖尿病になるぞ？」

「なっ!?　な！　なりません！　僕はまだそんな歳《とし》じゃないぞ！　神威！」

叫ぶ那智をほっといて神威が歩きだせば、那智もそれを追いかけるから、世莉も笑いながらその後ろを歩きはじめた。

「コーヒーくらいブラックにしろ」

「神威、煩《うるさ》い。砂糖とミルクはたっぷりな方が美味《おい》しいの！　ね？　世莉ちゃん」

話を振られ、世莉は苦笑いで那智から砂糖を受け取り、角砂糖を一つ入れる。

結局、ゼンザイは無しと言う話になり、三人は神門《しんもん》通りから細い路地に入った喫茶店に入ることになった。

「でもなっちゃんは入れすぎよねぇ？　あたし、糖尿が心配だわ？」

心底心配そうに手のひらを頬に当ててそう言ったのは、ここのオーナーだ。

「そんな歳じゃないから、楓《かえで》」

名前は桃木《ももき》楓。なんとも可愛らしくも甘い香りまで漂いそうな名前なのだが……。

「ねえ？　神威ちゃん」

「触るな、変態」

そう、こんなしゃべりだが、神威の態度で分かる通り『彼』なのだ。ジーンズにフリルの付いたシャツは完全に女物で髪だって緩くウェーブがかかっていて長くとも、見るからにゴツイ体つきは、誰がどう見ても『男』と答えるだろう。そんな彼は、神威の言葉に「まぁ！　傷つくわ」と泣き真似までしてみせた。

「見た目で差別なんて！」

「キモい、オッサン」

「オッサ……」

最後の一言に、楓はナヨナヨとそばの椅子に座り込んだ。

「せめて、オネエサンと」

「阿呆《あほう》か。さっさと俺のコーヒー持ってこい」

「……もうムリ。あたし、立ち直れない」

只今《ただいま》コーヒーは世莉と那智のものだけ運ばれて、神威のものはまだカウンターだ。

「てめぇ」

「あ、あの、私が運びますね？」

他に誰も居ないのだし、と世莉が立ち上がると楓は「あら？」と顔を上げた。

「貴女《あなた》……、綺麗《きれい》ね」

「え？　……えぇ!?」

そんなことは言われたこともなく、顔を真っ赤にして叫ぶと、またもや「阿呆」なんて言葉が投げられて、世莉はムッとしてその声の主を睨《にら》んだ。

「顔型《かおかたち》じゃないんだよ。彼のいう『綺麗』は」

ちょっとだけ苦笑気味にそう那智が言うと、マスターの楓は「顔も十分可愛いけど」と言いながら世莉の頬にそっと触れた。

「貴女、巫《みこ》に向いてるわ」

「え？」と驚く世莉に楓はニコリと笑った。

「巫はね、神降ろしに必要不可欠な器なの。だから清らかで綺麗でないといけないのだけど、貴女、本当に綺麗だわ」

「…………」

　多分、褒められている。のだけど、こんな褒められ方はされたことがなくて、どういう反応をしていいか分からずにいると、那智がクスリと笑った。

「うん、さすが元巫だね。世莉ちゃんは今から巫女《みこ》修行するんだよ」

「え？　修行!?　って、や、それより元!?」

　どこから驚けばいいのか。そんな世莉にはお構いなしに、楓は「うん、いいわぁ」なんて言って世莉の真っ直ぐな髪を撫《な》で回す。

「最近こんな子いないもの。どこで拾ってきたの？　本当に綺麗ねぇ」

「あ、あのっ」

「そいつの母親が『見えざる者』なんだよ」

　神威の言葉に「まぁ！」と楓は手まで打って叫んだ。

「だからこんなにも綺麗なのね？　なんて偶然！　ううん、奇跡ね！」

「しかも世莉ちゃんは泉清《いずさや》神社の孫娘」

　そして那智の追加説明には「きゃあ！」と飛び跳ねて叫んだ。

「なになに？　それって巫のサラブレッド!?　なんでもっと早くにならなかったの!?　少し前ならあたしが手取り足取り腰取り教えたのにー!!」

テンション急上昇の楓に「こらこら」と那智が水を差した。

「世莉ちゃん、驚いてるから」

「あらん？　どうしたの？　子猫ちゃん」

那智の言うとおり、驚いて声も出ないのだけど、何に驚いてどれから聞けばいいのか。

「どうでもいいから、俺のコーヒー持ってこい」

そんな神威の声に「あら、忘れてたわ」と、楓は我に返りコーヒーを取りに行った。

「えーっと、まだ話してなかったね。彼は元巫の桃木楓」

「あらん、彼女、でしょ？」

楓がコーヒーを置くと、神威は「キモ」と小さく呟《つぶや》いてそのコーヒーをすする。

「……えと」

そう、まずそこからだ。まだ混乱気味な脳内を整理して、世莉は口を開いた。

「巫女さんって、基本女性、ですよね？」

「そうよ？」と当然な顔して答えたのは勿論楓。だけど彼（彼女）の言葉に説得力はないというか、かといって反論も出来ず、世莉は「えと……」と言葉を濁した。

「ふふ、言いたいことはわかるよ。あのね、本来巫に性別はないの。今では神社の巫女はみんな女だけどね。男の巫もいるし、何よりあたし、心は女だから全く問題ないわ！」

「……はぁ」

楓の巫女姿を想像して……、世莉はなんとも言い難い後悔の念に襲われた。

「ふふ、楓の言うとおりでね、ほら、シャーマンって聞いたことない？」

「あっ、それなら！」

とは言え、マンガやラノベの世界でしか聞いたことはないのだが、思わずそう答えてしまった世莉に那智は頷《うなず》いた。

「本来、神を降ろし依《よ》り憑《つ》かせるのが巫女の仕事。だからその器である巫女に性別は関係ないんだよ。ただ一般的に未婚であることが条件なことは多いかな？」

那智の説明に納得して、「そうなんだ」と勝手に声が零《こぼ》れる。

「あ、だったら神威さんでもなれるってことなんですか？」

「素質で言えば申し分なかったわね。でももう無理よ」

きっと「そうね」と言ってもらえると思っていたのに、返ってきた答えが完全なる否定で世莉は「え？」と声をあげてしまった。

「だって神威は――」

「楓」

少し低い那智の声に楓もハッとして、神威を見た。同じように世莉も彼を見ると、神威は俯《うつむ》いてみんなの視線から逃げるように顔をそむけた。

「あら、ごめんなさい。別に悪気はなかったのよ？」

「神威は今、神主の修行をしてるんだ。だから巫女にはならない。巫女になるのに資格は無いんだけど、神主は一応必要でね。神威にはこっちのほうが向いてるから」

「そう、なんですね」

きっとそれだけじゃないのはわかってるけど、多分聞いてはいけない。だから世莉もそう答えたのに、神威はガタッと席を立った。

「神威」

「……ここのコーヒー不味《まず》いから自販機行くだけ」

そう一言残して神威は店を出てしまった。

「あ、あの、私変なこと聞いちゃって……」

自分の一言が引き金でこんな雰囲気になってしまって、そう言うと那智は「いや、世莉ちゃんのせいじゃないから」と薄く笑みを作った。

「ハバキリの話なのに、かなりそれちゃったね、戻しても？」

世莉がコクンと頷くと那智はまた話し始めた。

「これはさっきの大国主命《オオクニヌシノミコト》の続きなんだけどね。大国主命を祀《まつ》るとして、なぜこんな大きな大社が必要だったのか。世莉ちゃんどう思う？」

なぜ大きいのか。普通に考えれば……。

「えと……、大国主命が大きかった、から？」

変な答えだとは思ったが他に思いつかず苦笑いで誤魔化すと、那智は「正解」と笑った。

「これだけ大きな大社でないと、大国主命を祀ることが出来ないと考えたんだろうね」

あくまで推測だけど、と付け加えて那智は苦笑いをするが、その理由は世莉にも納得できるものだった。なぜなら出雲大社は、天照大神《アマテラスオオミカミ》を祀る伊勢に負けないだけの大社だ。それは普通の人程度の知識しか持たない世莉にも理解できた。

ちなみに平安《へいあん》時代の口遊《くちずさみ》には「雲太、和二、京三」と当時の大建築の順位が記してある。この「雲太」が出雲大社のことであり、「和二」である東大寺より大きいとされ、当時の最大建築とされている。大国主命を満足させるために、それほどまでの大建築をあの時代に作らせたのだから、彼の力は大きかったと推測出来るだろう。

「これは僕の考えだけど、おそらくそれだけでは大国主命を鎮めることが出来ず、天照大神は降臨させた瓊瓊杵尊《ニニギノミコト》に三種の神器を持たせたんだ」

『三種の神器』という単語は日本に住んでいれば一度は耳にしたことがあるだろう。それは世莉も同じで、「えと……」と記憶の中を探り始めた。

「三種のって……、国宝、ですよね？」

それが天皇家にとってとても重要なものであることも知っているからそう言えば、那智は苦笑して「残念」と答えた。

「天皇家所蔵の品だからね、国宝級ではあるけど指定はされていないんだよ」

「それに、それが本物か偽物かなんて誰にも判別できないでしょう？」と笑いながら付け加えたのは楓だ。

「そもそも、草薙剣《くさなぎのつるぎ》は平家の二位《にい》の尼と一緒に瀬戸内海《せとないかい》に沈んでるのよ？　後の２つだって怪しさ満点♪」

なんとなく、そんな話も聞いた覚えがあって世莉は「はぁ」と曖昧《あいまい》な返事をした。

「ま、現存する神器はもう形代《かたしろ》と言って魂だけを移したレプリカ的なものだからね、本物である必要も無いんだ」

「えー!?　な、なら、今ある三種の神器って偽物なんですか!?」

そう叫んで世莉は自分の口を両手で塞《ふさ》いだ。叫んだ後に気づいたのだ、きっとこれは国家機密並みに秘密の話なのかもしれないと。そんな世莉に那智は「そうだねぇ」と呑気《のんき》に微笑んだ。

「ある意味偽物だけど本物と同等とされてるんだ。魂を移した形代って言ったでしょ？そうなると本物はどこにあるでしょう？」

「え？　えと……、瀬戸内海、ですよね？」

さっきの話からすればそういうことになるはずだ。それでもこれは正解ではない気がして、世莉の語尾には『?』マークがついてしまった。

「ふふ、正解って言ってあげたいんだけどね。天《あめ》の叢雲《むらくも》はもっと前に入れ替わってる」

「え？」

それもとても有名な話なんだろうか？　と考えても世莉の頭には答えが見当たらない。

そんな彼女に那智はヒントを与えた。

「さっきも話したけど、どうして天照大神《アマテラスオオミカミ》は降臨させた瓊瓊杵尊《ニニギノミコト》に三種の神器を持たせたのかな？」

「……えと、それは、この国を統治するために――」

そこまで口にして世莉はハッとした。

「勾玉《まがたま》と八咫《やた》の鏡は天照大神のものだ。けれどひとつだけ、天の叢雲は素戔嗚尊《スサノオノミコト》から献上されたもの。これも疑問だ。全部天照大神の所有物の方がしっくりくる。そうなると大国主命は素戔嗚尊の子孫という事実に、何かあると勘ぐりたくならない？」

思わず納得しそうになるが、あまりにも荒唐無稽《こうとうむけい》な話すぎて、すんなりと飲み込むことが出来ない。

「で、でもっ、その天の叢雲が草薙剣に変わるんですよね？　ちゃんとソコでも神剣の役割は果たしてるんだしっ」

「そう、その天の叢雲だけどね。後に倭建命《ヤマトタケルノミコト》が使い草薙剣と呼ばれるようになるのだけど、ここにも疑問点がある」

「えと、名前が変わるからですか？」

「うん、それもあるけどね。倭建命《ヤマトタケルノミコト》は天皇でもないのに何故神器を持ち出すことが出来たのか？　古事記では巫女の叔母《おば》が渡したとあるが、神器だからね。巫女とはいえ、簡単には持ち出せないと考えるのが普通だよね」

神器とよばれる程のものなのだから、警備は厳重だろうと推測される。それが無くなれば、それこそ大問題になること請け合いだ。

「それに天《あめ》の叢雲《むらくも》と草薙剣《くさなぎのつるぎ》の表現が違いすぎて、とても同一の剣とは思えない部分もある」

「あ、でもさっきのレプリカの話からすると、どっちでもいいんですよね……？」

実際の話、草薙剣は熱田《あつた》神宮に実在する。それが、天の叢雲でも草薙剣でも、神器がちゃんとあるならば、別に問題があるとは思えない。そんな世莉に同調するように、那智も

「そうだね」と頷いた。

「でも問題なのはね、本物の天の叢雲はどこにあるか、ってことなんだ」

「…………」

確かに。入れ替わったとして、本物はどこにあるのか――？

「さっきも話したよね？　この地を治めるために天照大神《アマテラスオオミカミ》は瓊瓊杵尊《ニニギノミコト》に三種の神器を手渡したのではないか？　って」

「はい……」

「実は二位の尼と瀬戸内海に沈んだはずの勾玉と鏡は、箱に入っていたから浮かび上がって源氏《げんじ》に回収されたと言われてる。だけど草薙剣だけは発見されなかった。草薙剣こと、天の叢雲だけは残りの2つとは異なる物だとここでも証明されてると思わない？」

こんな話をされると頷きたくなる。でもそうなると天の叢雲は——。

浮かんでくる考えに、世莉は少しだけ怖いものを感じた。そんな彼女に気付いたのか、那智は「ふふっ」と笑う。

「なんとなく世莉ちゃんにも分かったかな？」

「いっ、いえ！　や、でも……」

ありえない、という考えの方が先に出てそれ以上言えないでいると、那智の方から話し始めた。

「世莉ちゃん、合ってるよ。瓊瓊杵尊はね、その三種の神器、もっと言えば天の叢雲で大《オオ》国主命《クニヌシノミコト》をここに縫い付けたんだ」

「——っ」

荒唐無稽かもしれないが、こうも筋道が通っていると鵜呑《うの》みにしそうになる。

「でも、瓊瓊杵尊が降臨した場所は宮崎県の高千穂《たかちほ》だと言われてるから、この説も正しいとは言えないんだけどね？」

そう言って笑うけれど、世莉はどう反応していいのか分からず何も言えない。

「それにね、大国主命《オオクニヌシノミコト》をここに縫い付けているものが天《あめ》の叢雲《むらくも》かどうかは誰にも分からない。証明のしようがないからね」

それはそうだろう。最早《もはや》それが本物かどうかを見分けられる人など居ないのだから。

「ただ――」と続けられる那智の声に、世莉はビクッと体を震わせた。

「それが本当か嘘なのかはどうでも良くてね。問題なのは、この度の遷宮が失敗した、ということなんだ」

「…………」

さらりと言われてしまって、内容がうまく理解出来ない。

失敗した？『遷宮』ってなんだっけ？　それが失敗……。

「えぇ――!?　失敗って！　やっ、だってそんなのニュースにも流れてないし！」

遷宮はかなり大掛かりなものだった。なにせあの大きな大社を作り替えたのだ。そのことはニュースにもなったし、出雲大社のパンフレットや出雲の観光協会のホームページにも記載してある。そして、遷宮の式典には多くの人たちが立ち会っているはずだ。

勿論《もちろん》、一般人はそれを見ることは敵《かな》わないが、失敗なんてことは聞いたことがない。

驚くばかりの世莉に楓が「それはそうよぉ」とコロコロと笑った。

「そのせいで季節はずれの台風とか地震が頻発してるなんて知られたら、賠償問題になっちゃうし？」

確かに、ここ最近の自然災害は酷《ひど》い。台風は必ず爪跡を残すし、農作物への被害も頻繁だ。地震も震度の大きいものが多く、避難を余儀なくされている人も多いと聞く。

「それって、全部出雲大社の……？」

遷宮が失敗したから？　そのせいで自然災害が起きてるなんて――。

「うーん、全部が全部ってわけじゃないだろうね。でも引き金になってたり増長させているのは否定出来ないかなぁ」

「…………」

まるで、マンガの中の世界だ。こんなことが身近に起きるなんて考えもしなかったし、未《いま》だにすべてを信じることは出来ない。

「でも失敗って……。遷宮って古い本殿を新しくしてそっちに移動するってものですよね？　何が悪かったんですか？」

そんな質問に那智は少し困ったような笑みを浮かべて楓を見ると、楓も「そうよねぇ」と少し困るように首を傾けた。

「失敗というより、予期せぬ出来事が起きたってところかしら？」

「うん、それが正しいかも。手順や段取りを間違えたわけじゃないんだ」

そうなると何が失敗なんだろうか？　不思議に思ってる世莉に那智は苦笑混じりに話し始めた。

「実はね、大国主命《オオクニヌシノミコト》を封じてた神剣にちょっとヒビが、ね？」

「ヒビ……、って、落っことしちゃたんですか？」

ありえないと言わんばかりに叫ぶ世莉に、楓は「それならいいのにねぇ」なんてのんきに口にした。

「いや、落としたくらいならむしろ大丈夫かな？　いや、良くないか？」

そう言えば、と世莉も自分のせいで御神体の鞘《さや》を落としてしまったことに気が付いて、少しバツが悪く自分の口を塞いだ。そんな世莉の素振りには気付かず、那智は「ま、落としてないからいいとして」と気を取り直して、また話し始めた。

「ちょっとね、ちょっとしたことで大国主命の力が増幅されて封印の結界である神剣にヒビがって感じかな？」

説明する那智に楓も隣で「うんうん」と頷《うなず》いてる。

「そんなわけで、天《あめ》の叢雲《むらくも》を作り直したいけど、そうなると今の結界を解かないといけないわけで、それだと今まで封じてた物が出てきて何が起きるか分からないし。だったら他の神剣で二重に封印すれば？　って話になって、白羽の矢が立ったのが、兄弟剣とも呼べる天羽々斬《アメノハバキリ》なんだ」

怒涛《どとう》の説明に放心状態の世莉に対して、那智は満足感たっぷりな笑顔を見せる。

「いやー、長くなっちゃったけどちゃんと説明できてよかった！」

「うんうん、なっちゃんってば完ぺきだったわ！　惚《ほ》れ直しちゃった♪」

すり寄る楓に那智は、笑顔を引きつらせたまま少しお尻《しり》をずらし離れる。そして「コホン」とわざとらしく咳払《せきばら》いして、気を取り直し世莉に向いた。

「さて、これで理解してもらえたかな？」

そう聞かれれば頷くしかないのだけど……。

思った以上に大変なことが起こっていることに、世莉は唖然《あぜん》としたまま、コーヒーが完全に冷めてしまったことにも気づかなかった。

6．ハバキリの欠片《かけら》を探すとか、探さないとか。

「そんな訳でね？　世莉《せり》ちゃんにもハバキリの欠片集め、手伝って貰《もら》いたいなぁって」

「はい？」

そう聞き返したのは世莉だけではなく、楓《かえで》も同時に同じ言葉を発していた。

「あー、楓にはまだ話してなかったね。世莉ちゃん、小さな欠片でも感知出来るみたいで、さっきも因縁つけてきた外国人が持ってるの教えてくれて。ねえ？」

「やっ！　さっきのは本当に当てずっぽうっていうか、咄嗟《とっさ》に口にしちゃっただけでっ」

慌てて首を左右に振る世莉なのに。「そうなの!?　触れてもないのに!?　なにそれ！　凄《すご》い資質じゃない！」と、楓の方が大騒ぎ。

「ちっ、違います！　そんな力、私には――」

そう、その力があるのはきっと体の中にある『鞘』と、お守りの鈴だ。だが、このことは楓に言ってもいいのか悪いのか。それに、この体の中にあると言ってる鞘は、いつ出ていってくれるのか？　彼らが言うにはハバキリが出来上がったら、という話だけど……。

悩んでる世莉に対し、那智《なち》はニコリと笑った。

「一緒に探してくれるよね？　世莉ちゃん」

「…………」

頷くことも首を振ることも出来ない世莉の目の前で、「スゴーイ！」とか、「私ってば、見る目あるわ！」などと驚き狂喜乱舞する楓の姿があった。

「それじゃ近いうちにねーん♪」

熱烈な投げキッスを送られながらお店を出て、世莉は一息ついた。いや、息なんて吐いてる場合じゃない。

「あ、あのっ！　私、巫女《みこ》なんてっ」

「うん、勝手に決めてごめんね？」

「……そんな、そうじゃなくて」

謝って欲しいわけじゃない。巫女になることに反対とかそうじゃなくて――。

「残念だけど、その鞘に力がある限り君は狙われる。そうなるとそれは世莉ちゃんの中にあるんだから、君が君自身を守れるほうが助かるんだ」

「私が……？」

聞き返す世莉に那智は「うん」と頷いた。

「それに――」と、那智が視線を動かした先には、ガードレールにもたれ缶コーヒーを手にする神威《かむい》がいた。

「ハバキリを集め鞘を守る神威にしても、君自身の力が強くなるに越したことはない」

それは理にかなってるんだけど……。

「って、え？　私、神威さんと欠片を探すんですか!?」

驚く世莉に那智は人の良い笑顔で「うん」と頷く。視線に気付いたのか、神威は空になった缶をゴミ箱に放り込んで、こちらに歩き始めた。

銀色の髪が夕陽《ゆうひ》に染まり、まるで炎を纏《まと》っているようにも見える。まるで映画のワンシーンだ。そんな光景に、世莉の胸がドクンと波打ったのは気のせいではないだろう。なにせ、神門《しんもん》通りを歩く観光客の誰もが振り返るくらいなのだから。

「だからとりあえず、今日は僕達の家に帰ってくれるかな？」

「え？　あの家に？」

あの家とは勿論、那智や神威の住む、瑠璃《るり》と玻璃《はり》、そしてアキラの待つ家のことだ。

「うん、あそこは結界も張ってるし一番安全なんだ」

「えと……」と、返答に困る世莉に那智は「ごめんね？」と苦笑する。

「もう瑠璃と玻璃に、世莉ちゃんと帰るって電話しちゃった」

「……本当に電話するんですね」

式相手なら通信手段は文明の利器ではなく、もっと非科学的なものだと思ったのに。

「電話は便利でね、色んな意味で簡単に繋《つな》がるから。で、一緒に帰ってくれる？」

そう聞かれて、世莉は苦笑いした。

「そんなの、言われなくても荷物を置きっぱなしなんで帰ります」

そんな回答に「あ」と那智は声を上げて、それから二人して笑った。


「おかえりなさいませー！」

ステレオで出迎えてくれたのは勿論、瑠璃と玻璃だ。

「今夜は少し寒いのでお鍋《なべ》にしましたー！」

「新鮮なアマダイが入ったのでへか焼きです！」

『へか焼き』というのは牛や豚を使う『すき焼き』に対して魚介類を用いた鍋のことで、島根県の郷土料理だ。

「すっごい美味《おい》しそうな匂い！」

「世莉様、お好きですか？」

「世莉様、アレルギーはありませんか？」

左右から聞いてくる二人に世莉は「大丈夫だし大好きよ」と答えると、瑠璃と玻璃はニッコリと笑った。

「外は寒かったでしょう？」「鍋で温まってください」

「お風呂《ふろ》が先でもいいですよ？」「お背中流します」

「うん――、え？　やっ！　それはいいから！」

二人に流されそうになったが、それには慌てて首を振った。すると二人は顔を合わせて、少し考えるとまたすぐにニコリと笑って世莉を見上げる。

「分かりました」「お風呂は後ですね」

そう言うと、二人はまるで二人三脚のように同じリズムで廊下を走っていった。

「うーん、すっかり懐かれてるね」

その声に振り向くと、顔をすすで真っ黒にしたアキラが立っていた。

「あ、あの……」

こんなときはなんと言えばいいのだろう？　悩んでいるとアキラはニコリと笑う。

「おかえり、世莉ちゃん」

「……た、ただいま、帰りました、です」

家族以外に、しかも今日あったばかりの人に言われるのはなんだかくすぐったい。そんな世莉に、アキラはクスリと笑って彼女の頭をぽんと撫《な》でた。

「そんな畏《かしこ》まらなくていいよ。だってこれからここに住むんでしょ？」

「あ、えと、お世話になります！」

「ふふ、違うよ世莉ちゃん。きっとお世話になるのは僕達の方だから。ごめんね？　鞘、取り出してあげられなくて」

「そんな、別にアキラさんのせいじゃないし……」

確かに、鍛師《かぬち》の彼に会えばいい方法が、と言われたのがここに来た理由だったけれど、それが出来ないからといって彼を責めるのはおかしい。だからそう言うとアキラは「世莉ちゃんはやっぱりいい子だね」とまた頭を撫でた。

そんな褒められるようなことはしていないし、まるで小さな子供のような扱いにちょっと照れてしまう。

「あの、瑠璃ちゃんと玻璃ちゃんを手伝ってきます！」

だから、世莉はアキラの手から逃げるように二人が向かった廊下を同じように走っていった。

「嬉《うれ》しそうだね、アキラ」

那智の声にアキラはフッと笑う。

「可愛い女の子は誰でも大歓迎だよ」

「はっ、たいして見えもしないくせに」

からかうような神威の言葉に、アキラは「ふふ」と笑い声を落とした。

「うん、僕の右目は殆《ほとん》ど見えないねぇ。でも、世莉ちゃんはくっきり見えるんだよ。この火にやられた目でもね？」

曇った眼鏡の向こう側で、アキラの目がにこりと笑う。焦点が合っていないように見えるのは気のせいではないだろう。

鉄を鍛錬する際、常に火を見なければならない鍛師《かぬち》の目は、悪くなるのが常だ。一本ダタラという片目片足の妖怪《ようかい》がいるが、その姿はたたら製鉄に従事した者たちの姿からきたとされている。

「はっ、最初は鞘《さや》だと思ってたくせに」

そう吐き捨てる神威にアキラは「うん」と頷《うなず》く。

「最初は本当に鞘しか見えなかったんだけど、那智が鞘を見えないようにしたせいかな？今は世莉ちゃんがはっきり見えるよ。でもこれも鞘のおかげかもね？」

「そうだね、鞘と剣、そして鍛師はお互いに離れがたい存在だものね」

そんな那智の言葉にアキラもニコニコしながら「そうだねぇ」と答えながら世莉が走っていった方向を見つめた。

「凄いよね、あの子の力か鞘の力なのか、触れると微弱ながら力が流れ込んでくる。気づいてた？　那智」

ニコニコなアキラの言葉に那智は苦笑いで「まあね」と答えた。

「うーん、出来れば一日中ベタベタくっついていたいなぁ」

「今は欠片も鞘もあるからね。ある意味無敵だけど、それ絶対に止めるようにね？」

そう付け加える那智にアキラは「ふふっ」と笑う。

「それが出来るなんてそれこそ普通じゃないよねぇ？　僕も世莉ちゃん手伝おうかなぁ」

スキップでも踏んで後を付いていきそうなアキラの首根っこを摑《つか》んで、那智が「めっ！」と子供を叱るように言った。

「力を使うことに慣れてないんだ。おそらく自分で力を使ってるってことにも気付いてない。また世莉ちゃんが倒れたらおさわり禁止にするよ？」

そう言うとアキラは「そんなぁ……」と情けない声を上げて、神威は「おさわりって……」と呆《あき》れるようにため息をついた。


みんなで囲んで鍋を食べればまるで家族みたいだ。

「あれ？　世莉ちゃん、日本酒飲まないの？」

アキラの言葉に世莉は苦笑して「まだ未成年ですよ？」と答えると、アキラは「ん？」と首を傾げる。

「神威は飲んでるけど？」

その言葉に神威を見れば、コップで透明な液体を一気飲みした。

「……水、ですよね？」

「当然」

ケロッとした顔で神威はまたコップに透明な液体を注ぐ。

「って！　それ一升瓶じゃないですか！」

「中身は水だ、気にするな」

「気にしますって！」

「それでは世莉様にはこちらを。炭酸が入ってて美味しいです」

「新発売でたくさん売れてます」

なんて言われて、世莉のコップには炭酸の何かが入れられた。入れ物は勿論《もちろん》一升瓶ではなく、透き通るような青い瓶でとてもスタイリッシュだ。

「……これ、アルコール？」

「違います」「違います」とステレオで答える瑠璃と玻璃を見て、それからゆっくりと口をグラスにつけた。

「――美味しい！」

「良かったです！」

「おかわりたくさんありますから！」

そんなこんなでまるで宴会だ。料理も美味しければ、飲み物も最高。お腹はいっぱいになるし、体はぽかぽか温かい。なんだか時間はゆっくり流れるし、天井は回るし……？

「はれ？　私、これからどうするんだっけ？」

今夜はここに泊まるんだろう。だけど、明日《あした》は？　明後日《あさって》は？　学校だってずっとは休んでいられない、はず……？

「うん、ちょっと考えたんだけど、世莉ちゃん次第だけど転校でもいいかなって。勿論手続きはこっちでやるから心配しないで」

「転校……」

「やっぱり嫌？　だったら取りあえずはお休みにしようか？　勉強は神威が見るから」

「あぁ？　なんで俺が」

「人間助け合いだよ、神威。世莉ちゃんのママが『見えざる者』だから今のままでもなんとかなると思うんだけど、やっぱり不安というか。それなら神威を転校させるとか……」

「しねぇよ！」

「…………」

那智の説明も神威の声も上手《うま》く理解できない。というか、頭も体もフワフワしてる。

「っつか、お前酔ってんの？」

隣から神威に、頭をツンっとつつかれて――。

「世っ、世莉ちゃん!?」

「世莉様？」

「大丈夫ですか？」

ぐるぐる回る視界の中で、みんなに名前を呼ばれて、世莉は意識を無くした。

「うーん、ねぇ、瑠璃、これってお酒でしょ？」

アキラの質問に瑠璃はオロオロしながらも「はい、日本酒の炭酸入りです」と答える。

「あー、今流行《はや》ってるらしいな」

そんな神威の言葉に瑠璃と玻璃は自慢そうに「そうなんです！」と胸を張った。

「へぇ、そうなんだ。って、瑠璃、アルコールじゃないって世莉ちゃんに答えてたよね？」

「はい、初めてなので違います」

「はい？」

食い違う会話にみんなで『？』を浮かべて――。

「あ、それ、アンコール、かな？」

アキラの声に瑠璃と玻璃が、二人して「あ」と顔を見合わせた。

「どっちでもいいけど、これ、かなり度数高いよな？」

「…………」

神威の持ち上げた瓶に書かれているアルコール度数を皆で確かめて――。

「瑠璃、この瓶は完全に廃却。玻璃、奥にお布団敷いて世莉ちゃんをよろしく」

那智の声に宴会はお開きになった。

「……んっ」

朝というのはどうしてこんなにも気怠《けだる》いのか。外気の冷たさにもう一度お布団の中で丸くなって、それから世莉はパチリと目を開けた。

「あれ？」

いつもとはちがうお布団の匂い、見れば柄だって違うし、見える景色も全く見覚えがない。世莉は布団から這《は》い出して、障子を開けた。目に飛び込んでくる光に目をそばめると、鮮やかな緑とともに素敵な日本庭園が飛び込んできた。

「世莉様、おはようございます！」

「わあ！」

後ろの襖《ふすま》が勢いよく開いて、そこからステレオで挨拶《あいさつ》されて、世莉は飛び跳ねて驚いてしまった。

「……あ、瑠璃ちゃんと玻璃ちゃん」

昨日会ったばかりなのだか、彼女たちの存在感は抜群だ。そして、ふたりも世莉に名前を呼ばれて嬉しそうに笑った。

「朝ごはんです」「和食ですか？　洋食ですか？」

「コーヒー、紅茶、ミルクと用意も万全です」「何をお召し上がりになりますか？」

ブレない二人に世莉の表情もゆるんでしまう。

「えーっと、基本は和食なんだけど、皆は何を食べるの？」

どうせならみんなと同じがいい。

「那智様は和食で納豆派、アキラ様は納豆がお嫌いですのでお豆腐です」

「因《ちな》みに神威様は肉と麺《めん》好きです」

「朝からでもパスタを食べます」

「しかもコッテリです」

「それでは体に悪いので、私達が野菜ジュースを作ります」

「それは不味《まず》そうに飲んでます」

こんな情報に世莉は思わず笑ってしまうと、二人して「ほう」と胸を撫《な》で下ろした。

「良かったです。世莉様が怒っていらっしゃらなくて」

「……どういうこと？」

そう聞くと二人は顔を見合わせて、それから代わる代わる説明を始めた。

「昨日、聞き間違えたのです」

「アンコールとアルコール」

「――あ！　そういうこと、って、やっぱり昨日のお酒だったの!?」

声を上げる世莉に二人は「すみません」「すみません」と交互に口にするから、世莉も苦笑いで「いいよ、気にしないで」としか言えなかった。

結局、世莉は神威と同じ朝食をリクエストしたのだけれど……。

「うーん、世莉ちゃんは絶対にパン派だと思ったのに」

「そう？　僕はなんとなぁく和食でシシャモかなぁ」と、那智に反論したのはアキラだ。

「朝は麵類だろ？　するって食べられる。なあ？」

そんな神威の言葉に賛成しきれないのは、朝から油そばはやっぱり濃すぎたわけで。

「……ごめん、瑠璃ちゃん、玻璃ちゃん、お茶漬け食べたい」

机に伏して頼む世莉に、二人はやっぱり「はーい」と笑顔で答えて廊下を走っていった。

そんなカオスな朝食も終わると、那智は「いいかな？」と話し始めた。

「これからなんだけど、まず今日は警察に行くことになったんだ」

「えっ!?」

『警察』という単語を聞いて無駄にドキドキしてしまうのは世莉だけではないだろう。

「お前、なんかしたわけ？　挙動不審すぎ」

けれど、皆慣れているのか驚きもせず、ただ一人驚く世莉を神威はからかった。

「し、してないし！」

「うん、神威、茶々いれない。あのね、昨日捕まえた強盗がいたでしょ？」

「――あっ、事情聴取？」

言われてみれば、第一発見者（？）で捕まえた訳だし、事情を聞かれてもおかしくない状況に世莉も納得した。

「ふふ、それはねもういいんだ。神社側でしてもらったから。そうじゃなくて、彼らの盗んだ物を見に行くんだよ」

「……はい？」

那智の話では、捕まえた一人から窃盗団全員を逮捕するに至ったらしい。彼らは盗んだ物をすべてコインロッカーにあずけており、それをすべて没収したとのことだった。

「でね？　その中にもしかしたらまだ欠片《かけら》があるかもしれないから、見に行こうかなって」

「…………」

那智の言いようはまるで博物館にでも行くかのよう。

「で、世莉ちゃんにも見てほしいなって話にね？」

「え？　わ、私もですか？」

咄嗟《とっさ》に口にしただけで、未《いま》だに自分でも『欠片』を感知する能力があるとは思えない。

それに、もしもそこで見極める能力が無いと分かれば――。

「お前の考えてることが手に取るように分かるな」

「え？」

「ここで『ハバキリ』が分からなかったら、お役御免になるとでも考えてんだろう？」

「そ、そんなことは……」

ない、とは言い切れない世莉に神威は鼻で笑って、世莉の喉元《のどもと》をツンとつついた。

「残念ながらそれは無理だ。ここに『鞘《さや》』があるんだからな」

「あ」

別に忘れていたわけでは無いが、自覚が無いのだから仕方ない。そんな世莉を責めるわけでもなく、那智は苦笑しながら「それにね」と続けた。

「出来ればその力がある方が、こっちもありがたいんだよ。僕たちはそれに触れないと判断できないから、無駄な仕事が多くてね」

そう那智に言われて、世莉はまた「あ、もしかして？」と神威を見た。

「そ、あれも『欠片』が絡んでるかもって騙《だま》されて、悪鬼退治する羽目になったわけ」

ため息交じりの言葉に、世莉もなるほどと納得した。あの時の犯人は同情すべき点も全くないのに、目の前の神威が彼を助けるために動く、なんてことは考えられなかったから。

「騙したなんて人聞きの悪い。もしかしたら『欠片』のせいかも？　って言ったでしょう？　それにもともとの目的はあの校舎を取り壊せないからなんとかしてくれって言うのが依頼でね？　そこに欠片もあったら一石二鳥って話で」

どうも那智が話すと、緊張感とかそういったものがなくなってしまう。

「ま、それもお前が見るだけで判別できるなら余計な仕事もしなくて万々歳なわけ？　理解したか？」

そして神威が説明をすると、どうしてこうもムカついてしまうのか。

「――それでも！　神主を目指すなら困ってる人は助けるべきです！」

「はぁ？　別に俺はそんなもん――」

「うんうん！　世莉ちゃん偉い！　神威はね、ちょっと冷たいところがあるから二人合わせたらちょうどいいね。うん、僕の思った通りだ！」

「…………」

そんな那智の結論に世莉と神威は二人して冷たい視線を送ったが、那智は上機嫌のまま「行くよー？」と歩き始めた。


昨日と同じ道を通って駐車場まで。そこで世莉は少しだけ変に思って声を上げた。

「あの……、誰も、いないんですね？」

昨日もそうだった。そして今日も誰にも会わない。砂利道ではあるけれど、それなりに舗装された道路。それにあの屋敷の庭は綺麗《きれい》に手入れされているし、駐車場までの道にもみかんの木などが生え、その実をつけている。それをあの屋敷に住んでる人間だけで世話をするのはなかなか難しい、と思うのだが……。

「言わなかったっけ？　あの家には僕と神威とアキラしかいないって」

「いえ、それは聞きましたけど、その、誰にも会わなかったなって……」

「あぁ、あの家の周辺には結界を施してるからね。一般のお客はたどり着けないようになってるんだ」

「……はい？」

「うーん、簡単に言うと迷路みたいになってて、気が付いたら振出しに戻ってる。ほら、富士《ふじ》の樹海みたいな？」

「………………」

何か違う。とは思ったが、とりあえず世莉は納得するように愛想笑いで誤魔化した。


車に乗ってたどり着いたのは、出雲《いずも》の警察署だ。

「こんにちは、細川《ほそかわ》さん。相変わらず細くないですねぇ」

「一言多いぞ、那智」

3人を待っていたのは、恰幅《かっぷく》もよく厳《いか》つい顔をしたいかにも『刑事』な彼だった。

「それにしてもわざわざ東京から出雲まで出向くなんて。お仕事とはいえお疲れ様です」

「仕事じゃなかったら来ねぇよ」

どうやらこの二人は知り合いらしく、仲がいいと言ってもいい間柄だろう。

「あ、世莉ちゃん、こちら警視庁刑事部の太いけど細川さん」

「てめぇ……」と唸《うな》る細川の前で世莉はペコリと頭を下げた。

「って、警視庁？」

その言葉にハッとして顔を上げると細川は「おう」と肯定する。だが、警視庁は東京にあるはずだ。しかもドラマなんかでよく出てくるあの建物で働いているはずなのに、なぜこんな出雲まで来ているのか？　今日、警察署《ここ》に来たのは窃盗団の所持品の中に『欠片』があるかどうかを確かめるためだ。なのに、『警視庁』？

「警視庁刑事部零課の細川だ。お嬢ちゃんが今度こいつと組むのか？　大変だな」

こいつと呼ばれて、頭を肘《ひじ》置き代わりにされた神威はムッとしながらその腕を払った。

「大変なのは俺だ、おっさん」

「おっさんって……、相変わらず口の悪いガキだな。って、もしかしてこのお嬢ちゃんもお前らみたいにびっくり人間だったりするのか？」

上からじっと見られて、世莉は「え？　あ、あの……？」と声を詰まらせる。そんな彼女の前に立って、那智は「違うよ」と微笑んだ。

「話したと思うけど、彼女は見える体質みたいなんだ。でも修行なんてしてないから見えるだけ。それ以外は普通の女の子だよ」

那智の言葉を聞いて、細川は「ふーん」と世莉をなめまわすように観察して、にかっと豪快に笑って見せた。

「だよなぁ？　こんな普通のお嬢さんが、お前らみたいな化け物だったら世も末だ。おちおち結婚も出来ん！」

「……相手も選ぶ権利あるしな」

「あぁ？　お前、彼女でもできたか？　この生臭坊主が！」

神威の言葉に反応して、細川は彼の頭を左腕で抱えて右手でこめかみをぐりぐりすると「止めろ！」とまた神威に払われる。

「いないし坊主でもない！」

そう答えると細川はまた豪快に笑って「いねぇか！　そうかそうか」と神威の頭をぐりぐりと乱暴に撫で回した。その手をまた払われるのだけれど、彼はまるで相手にしない。

「そんなわけでね、神威同様、世莉ちゃんのこともお願いすることになると思うから」

那智がそう言うと細川は少しだけ目を細めて、それからニッと笑うと世莉の頭を豪快に撫で回した。

「まっ、大変だろうが頑張れよ？」

「ひゃっ？　え？　はい？」

その手付きはあまりに乱暴でよろめくと、後ろの那智に支えられた。

「ほら、細川さん、それセクハラだから」

「げっ、マジか!?」

そう言って覗《のぞ》き込む細川に、世莉は慌てて首を振った。

「そ、そんなことはないです！　ちょっと驚いたっていうか、力が……」

「おっさん、馬鹿力すぎ。言ったろ？　そいつはフツーなんだよ。手加減しろ」

そんな神威の言葉に「そうか」と納得して、今度は優しい手付きで世莉の頭を撫で、「これでいいか？」と聞くから世莉はコクコクと頷《うなず》いた。頷きながらも不思議に思ったのは彼が警視庁の人間というよりも――。

「あ、あの、一課とかは聞いたことあるんですけど、零課……？」

そうここだ。警視庁刑事部に一課から四課まであり、一課は凶悪犯罪、二課は詐欺や汚職などの金銭犯罪、三課は窃盗事件、四課は暴力団の取り締まりを行う。そこに零課はない。

「あー、まぁ非公式だからな。こんなこと大っぴらにゃ出来ねぇし。幽霊とか呪いとか、そういうのをお国が肯定するわけにはいかないだろ？」

「だけど、霊も悪鬼も存在するし、人を呪い殺すことだってできる。それを野放しにはできないでしょ？」

細川と那智の説明に、世莉は静かにうなずいた。これだけ見てきたのだから、霊やそういった力を見なかったことには出来ない。稀有《けう》な力を持つ人間が彼らだけとも考えられない。勿論《もちろん》、彼らのように良《い》いことに使ってくれればいいが、邪《よこしま》な人間も存在するだろう。それを取り締まる法律は、今の日本にはない。だからこそ、彼らのような存在が必要なんだということも理解出来た。

「でも、零と霊をかけて零課なんて、警察もお茶目だよねぇ？」

「そんなんじゃねぇ！　存在しない課って意味だ、バカ！」

「照れなくてもいいのに」

「っつか、表面上は一課だからな？　そこんとこは忘れるな！」

そんな大人の事情を聴きながら、４人は会議室のような部屋に入った。そしてその部屋のテーブルには仏像やその装飾品、さらには古い絵までが所狭しと並べられていた。

「よくもまぁ、こんなにも盗めたよな？」

細川の言葉に那智は苦笑いだ。

「日本はいいも悪いも安心安全な国なんですよ。貴重な仏像なんかが人もいないところでセキュリティもないところに座ってたりするんだから」

那智の言葉に世莉もなるほどと納得した。確かに、世莉の神社もいつだってオープンだ。でもその中にはもしかしたら歴史的にすごいお宝があるのかもしれない。

いや、現実問題、世莉の神社にも貴重な御神体があって、（それは今世莉の中にあるのだけど）それを今までよく盗まれなかったものだと、少しばかり感心してしまった。

「ま、盗むのは外国人に限った話じゃない。日本人でも海外に売り飛ばすために、無人の神社に奉納された絵画なんかを盗んだケースも少なくない。全く罰当たりな奴らだ」

こんな細川の話に「はっ」と乾いた笑いを口にしたのは神威だ。

「何言ってる。神罰なんて一番信じてなかった人種のくせに」

嘲《あざけ》るような神威に「まあな」と細川は豪快に笑う。

「俺も基本、神だ呪いだなんて信じてなかったし、未《いま》だに信じられんと言いたいが……」

そう言いながら細川が見たのは那智と、そして神威だ。

「お前ら見てたら、信じねぇわけにもいかねぇだろ？」

そんな細川に那智がクスクス笑う。

「細川さんも怖い思いしたからねぇ？」

「別に怖くなんてなぁ！　あー、くそっ！　昔の話だ！　で、どうかな？　お嬢さん」

バツが悪そうに話を振られたのは世莉で、その呼び方に戸惑いながらも並べられた品物を眺めた。

「……多分、無いかと」

これが正解なのかも分からないが、これまでのように頭の中で鈴が鳴らないのでそう答えると、那智が一歩前に出て一つずつ手に取り始めた。

「いいもの盗《と》ってるね。これなんて円空《えんくう》の作品じゃないかな？　どう思う、神威」

「……どうでもいい」

円空とは江戸時代の仏師だ。生涯で約12万体の仏像を彫ったとされ、現在までに約５０００体以上の像が発見されている。彼の彫った仏像は円空仏と呼ばれ、それは全国に所在し、北海道から奈良県、特に岐阜県には、円空の作品と伝えられる１５００体の仏像が残されている。

「那智さん、凄《すご》い……。陰陽師《おんみょうじ》さんってそんなことも分かるんですか？」

感心しきりの世莉に那智も苦笑いだ。

「こんな仕事をしてると、こういう美術品を見ることが多いからね。それに――」

そう言いながら、那智は『円空』の作品だという木彫りの仏像を手にした。

「うん、多分本物。力ある者が作ったものは、それなりに力を持つんだ。オーラみたいなものかな？　それは感じるだけで見えることは無いんだけどね、でも力があるからこそ、良いものは人の信仰を集めて止まないんだと思わない？」

その言葉には説得力があって、世莉はコクンと頷いた。

「偽物でも信仰は集められるさ、口さえ上手《うま》ければな」

そう言って、神威は小さなダルマをまるでお手玉のように放り投げてキャッチする。

「神威、ダルマさんを投げちゃダメでしょ？」

「ハリボテだ。目が良いんじゃなくて、手当り次第取ってきたって感じだな」

神威の言うとおりで、そこに統一感はなくこだわりも見られない。

「そうだね。だけど本物も交じってるし、素人には見分けはつかないよ」

そんな那智の言葉に、「だろうな」と答えて、世莉に向いた。

「お前は特に騙《だま》されやすそうだから、気をつけろよ？」

「わっ！」

そう言って、投げられたダルマを世莉は必死になって受け止めて、ほうっと息を吐いた。

「騙されません！　今までだって騙されたことなんて――」

「このオッサンも式だって気づいてたか？」

「え？　……えぇ⁉」

このオッサンとは勿論細川のことだ。いきなり指名され「お？」と驚く細川に、世莉も口をあんぐりと開けて驚けば、神威は「はっ！」と楽しそうに笑う。

「――うっ、嘘なんですね⁉」

「ははっ！　当然だろ？　こんな不細工な式なんて術者のセンスを疑われる！」

「なっ⁉」と言葉を失う世莉に代わって、神威の頭をガッツリとホールドしたのは、不細工な式になりそこねた男だ。

「おう、生臭坊主。そのセンスとやらを語り合おうか？　ハードボイルドな俺の何処に問題があると？」

「痛っ、放せよ！　この筋肉ゴリラが！」

「はっはっはっ！　今更褒めても遅いぞ？　坊主！」

「褒めてねぇ！」

言い合う二人を見ながら、「仲良しだねぇ」と那智が微笑めばもう怒る気もしなくて、世莉は脱力するように大きく息を吐き出した。

「で、結局のところ、そのお嬢さんの見立てどおりか？」

細川の言葉に、那智は「そうだね」と頷く。

「そうなると、このお嬢さんに見る力があるかどうかっていうのは……」

こんな細川の判断になんとなく申し訳なく感じて、「ご、ごめんなさい」と世莉が謝ると、那智はニコリと笑って「世莉ちゃんのせいじゃないでしょ？」と言ってくれる。

「無いものは無いと見破れるのも能力のうちだよ。で、細川さん。僕達がこれを判別するのを見に来たわけじゃないんでしょ？」

そう那智が切り出せば、彼も「まあな」とボサボサの頭を掻《か》いた。

「あー、未確定要素が多いからうちも表立って出られん。しかも場所が高校となるとな」

そんな細川の説明に神威は、「またかよ」と吐き捨てる。

「そっか、それなら世莉ちゃんのデビューにちょうどいいかな？」

そして那智の提案には「はぁ!?」と不満を顕《あら》わにした。

「足手まといだ！　どんな話か知らねぇけど、コイツが役に立つ可能性なんて――」

「いや、いいかもな？　首謀者は女子高生らしいからお嬢さんの方が警戒されん」

「うんうん。それにね、常々神威だけだと危ういなと感じてたから」

「はぁ？　どこがだよ！」

「あっ、あのっ！　でもあたし何も出来ないっていうかっ」

「大丈夫、大丈夫！　世莉ちゃんはいてくれるだけでいいから」

「いいわけねぇだろ！」

「神威ったら、二人きりだからって照れちゃって」

「違うっ！」

そんなこんなで、世莉のデビューが決定した、らしい。

7. 潜入捜査をするとか、しないとか。

「ムリですって！　私、なんの役にも立ちませんから！」

「全くその通りだ。那智《なち》、考え直せ」

「…………」

神威《かむい》の言い方には納得出来ないものがあるが、実際そうだから世莉《せり》はムッとするだけで何も言い返さない。

「いやいや、そこに欠片《かけら》があるかないかは見ただけで世莉ちゃんならわかるし」

「やっ、それもまぐれかもしれないし！」

「だよなぁ？」

「…………」

どうしてこの男、顔に反比例して性格は悪いのか。世莉の顔はまた不機嫌に歪《ゆが》む。

「大丈夫、神威がいるから」

「それが嫌だと言ってる！」

バンッとテーブルを叩《たた》く音に、世莉はびくっと体を震わせた。

「ほら、神威。世莉ちゃんが驚くでしょ？　大丈夫だよ、ある意味世莉ちゃんは今、歩く神器だからその辺の低級な奴らなんて近づくことも出来ないから！」

「今度のやつが低級じゃなかったらどうすんだよ？」

神威の反論に那智は一瞬笑顔を張り付かせたまま固まって、けれどすぐさま「大丈夫！」と繰り返した。

「ほら、ひふみ祝詞《のりと》教えたでしょう？　いざとなったらあれで全部解決だから」

なんて言われても説得力の欠片もない。

「……でも、那智さん、鞘《さや》の力を封じたって言いませんでした？」

「ちょっと違うかな、僕達みたいな同業者から見えなくして力をコントロールしやすくしたの。力はそのままだから――」

「また暴走したらどうすんだよ？」

「…………」

僅《わず》かな沈黙に、那智の笑顔も若干引きつり気味だ。

「えーと、うん、大丈夫！　だって神威がいるからね？」

そんな言葉に、先日のことを思い出す。あの時確かに暴走を止めたのは神威だけど……。

「いっ、嫌です！　あんなのもう二度とっ」

「こっちだってお断りだ！　あん時は仕方なくだなぁ！」

言い合う二人を見ながらお茶をすするのはアキラだ。

「なんか、仲良しだねぇ」

「良くねえ！」「良くないです！」

こんなハモリにアキラは「うんうん」と頷《うなず》きながらまたお茶をすすった。

「本当に兄妹《きょうだい》みたいだねぇ？」

「はぁ!?　なに寝ボケてっ」

「あぁ、そうだった！　あのね？　二人一緒の転校生って無理があるから二人は兄妹って設定だから」

「はぁ!?」と那智に詰め寄る二人を見て、アキラはまたしても「仲良しだねぇ」と微笑ましくその光景を眺めていた。

結局、世莉は電車の中でため息をつくことになる。

「そのため息止めろ、鬱陶《うっとう》しい」

「…………」

となりには勿論《もちろん》神威もいる。そして二人を乗せた電車は岡山まで行き、そこから新幹線に乗り換えることになる。

「っつか、なんで飛行機じゃないんだよ！」

出雲《いずも》には空港があり、伊丹《いたみ》空港までの路線があるのだが……。

「この短刀持っては乗れませんから」

どうしても首を縦に振らない世莉に「なら護身用に」と那智が持たせたのが、今世莉のカバンに入ってる短刀だ。当然こんなものを持って飛行機になんて乗れるはずがない。

「だからこんなもん要らんと言っただろう？」

「無いよりあった方がいいじゃないですか」

行かないという選択肢が無い以上、少しでも安心安全を選びたいと誰しも思うだろう。

「……お前」

世莉の言葉に神威が眉《まゆ》をひそめた。

「な、なんですか？」

「その中途半端な敬語、直せよ？　兄妹でそれは可笑《おか》しいだろ？」

「あ……」

結局、二人は兄妹に偽装して転校することになったのだ。その時も揉《も》めたのだが……。

「ちゃんと兄妹します、お兄ちゃん」

その呼び方に、神威は「ぶっ」と口にしたコーヒーを吹き出しそうになってしまった。

「ちょっ、汚いなあ」

「阿呆《あほう》が！　っつか、なんだよ？　そのお兄ちゃんって！　キモいわっ！」

「なっ!?　ならなんて呼んだら――」

「神威でいい」

「……呼び捨て？」

「ちゃんとか付けたら殺す」

「……神威」

「…………」

「返事してよ」

遠慮がちにそう言うと、隣に座る神威も少しだけ世莉を見て「んだよ」と返す。

「えと……、足手まといにならないように」

「すでに足手まとい」

「…………」

「ま、お前に死なれると困るからな。なんかあったら呼べよ？」

結局修行も何もしていないのだから、足手まといなのは間違いないのだけど、それよりも問題がある。

「えと、とりあえず電話番号とかメアドとか、教えてもらっていいですか？」

そう、連絡しようにも神威の連絡先など知らないのだ。

「敬語」

「あ」

兄妹らしい会話というのも厄介だ。

「っつか、呼べばいいんだよ」

「だから連絡先！」

ずいっとスマホを差し出せば、神威は呆《あき》れるように小さく息を吐いてジーンズからスマホを取り出して「勝手にどうぞ」とロックを解いた。


大阪に着いて二人を出迎えたのは――。

「あらん！　思ったより早かったわね？　神威ちゃん！　世莉ちゃん！」

「え？　楓《かえで》、さん!?」

出雲のカフェに居たはずの楓だった。確かに那智は大阪駅で迎えをよこすとは言っていた。しかも、「絶対に見逃さないから」とも言っていた。当然だろう、どピンクのコートに真っ白ジーンズ、エナメルのブーツ姿など、誰も見逃しようがない。

「うんうん、そのびっくりした顔が見たかったのよん！　あのね？　うちの実家が大阪でね？　なっちゃんが下宿させてくれって言うものだからぁ」

「お前は呼んでないはずだよな？」

不機嫌さを隠そうとしない神威だが、楓は気に留めることなく「うんうん」と頷いてる。

「あたしのママンに頼もうと思ってたんだけど、これが昨日からぎっくり腰でね？　それに世莉ちゃんの修行も兼ねられるし一石二鳥ってやつぅ？」

こんな出迎えに神威は「マジかよ……」と項垂《うなだ》れ、世莉はなんと反応していいか分からず「はは……」と愛想笑いでごまかそうと試みた。


「さ、ここがあたしの実家よん」

「ここ……？」

楓に連れられて来たのは、一軒の呉服屋だった。店構えも立派で歴史すら感じさせる。

その格子戸に手をかけ、楓が一歩敷居をまたぐ。

「そ♪　ほら、入って？　ママン、お客様よっがっ！」

最後の言葉がおかしかったのは、楓の額に扇子が突き刺さったからだ。

「その呼び方は止めと何回言わせる気ぃや？　楓」

そして、低いその声に世莉の背筋までピーンと伸びてしまった。

「すんませんなぁ、こないけったいな息子で。この腰が悪うなかったら私が迎えに行ったんやけど」

「いっ、いえ！」

店先に正座して座る彼女に、世莉はなんとかそう答えて首を左右に振った。

「あっ、あの！　私っ、久遠《くおん》世莉です！　お世話になります！」

がばっと頭を下げる世莉に、一瞬驚いて彼女はニコリと笑う。

「まあ、上がりなさい。自己紹介なんてもんはその後でええ。楓！」

「はいぃ！」

呼べば飛び跳ね駆け寄る楓に彼女は手を借りて立たせてもらうと、首だけ振り返り「こっちや」と二人を呼んだ。かと思えば、楓の頭を扇子でピシャッと叩く。

「ほんまけったいな格好やな！　はよ着替え！」

「痛っ！　こっ、これはこういうファッションでっ、痛ぁい！」

「ご近所さんに笑われるわ！　口答えせんと着替え！」

「はいぃっ！」

こんなコントに立ち尽くす世莉なのだけど、神威は店先に座ってブーツを脱ぎ始めた。

「え？　いい、ん、ですか⁉」

「いいって言われたろ？　それよりお前、また敬語に戻ってるぞ？」

「あ」と固まる世莉を置いて廊下を歩き始めるから、「ま、待って！」と世莉も急いでスニーカーを脱いだ。

「さあさあ、こっちに座りなさい。お茶がええかな？　それともミックスジュースか？」

そんな子供扱いに神威は少しばかりムッとしていたが、世莉は気にすることなく「お茶で」と答えた。

「ほな」と立ち上がったのだが、腰を押さえて「あたたっ」なんて崩れ落ちそうになるから、世莉は彼女をそのまま椅子に座らせた。

「教えてくださったら私が淹《い》れますから」

そう言うと、彼女はじっと世莉を見て、ニコリと優しい笑顔を見せた。

「あんた、ええ子やな？」

「い、いいえ！　えと、ここの湯呑《ゆの》みでいいですか？」

「ええよ」の返事に世莉はお茶を淹《い》れ始めた。

世莉の手つきを見て、それから彼女は神威の顔をじっと見つめた。

「ふーん、なっちゃんから兄妹って聞いてたけど、全然似てへんね？」

そんな指摘に世莉は、「わぁ！」と持ってた湯呑みを落としそうになったのだが、神威は「よく言われます」としれっとそう返す。そんな対照的な二人を見て、彼女は「ふふっ」と笑った。

「なっちゃんの頼みやからどうせ訳ありなんやと思うてたけど、予想以上かなぁ？」

「お母さん、それ以上二人を虐《いじ》めないでよ」

彼女の追及に水を差したのは、楓だ。なのだけど、その姿にまたしても世莉は手に持った湯呑みを落としそうになった。

「……か、楓、さん？」

「そうよ？」と楓はサラリと返すのだが、聞き返したくなる世莉の気持ちも察してほしい。先程までのど派手な衣装ではなく、紬《つむぎ》をさらりと着流した姿はまるで呉服屋の若旦那だ。いや、実際は若旦那《わかだんな》なのだが、今までの姿からは程遠く『まとも』で、それ以上に『素敵』に見えるのだから和服マジックは侮れない。

「虐めるやなんて。普通に話してただけやし。それにしてもやっとマトモな格好になったなぁ。死んだお父さんもホッとしてはるわ」

「お父さん、死んでないけどね。離婚して行方不明なだけでしょ？」

冷ややかな楓の声に「そやったかなぁ」と言いながら、また視線を神威に戻した。

「そしたら、君がお兄ちゃん？」

その質問に神威は、「はい」と答えて頭を下げた。

「久遠神威です。妹共々お世話になります」

「まあまあ、ええ男は何やってもええ男やなぁ。うちがもう少し若かったら」

「お母さん」と咳払《せきばら》いする楓に「冗談やて」と笑うが、世莉はひきつった笑顔を張り付けるのが精一杯。

「で、お母さん、制服なんかは届いてる？」

「届いてるよ？　もう部屋に運んだからサイズだけ確かめてな？　あぁ、うちの自己紹介がまだやったね。ここ、百々屋《ももや》の女将《おかみ》してます、桃木紅葉《ももきもみじ》です。よろしゅうな？」

紅葉の挨拶《あいさつ》に神威と世莉も、もう一度「お願いします」と頭を下げた。

「神威ちゃん、モテるやろ？　いやー、女泣かせな顔してるわ！　世莉ちゃんは彼氏居てるの？　変な男に引っかかったらアカンよ？　そうやね、居てるなら今度連れておいで。うちがちゃーんと品定めするよってな？」

一人マシンガントークに口を挟むことも出来ず、神威に至っては完全スルー。そんなスキルを持たない世莉は「や、えと、居ないので……、その、だから……」としどろもどろ。

「お母さん、その辺で。二人共明日から学校で準備とかあるんだから」

こんな対応に楓がとっても真人間に思えるから、人って不思議だ。

「そう？　別に転校初日から真面目に勉強なんてせえへんでもええと思うけど」

「なっちゃんに頼まれてる子たちなんだから、そうはいかないでしょう？　それじゃ二人共、部屋に案内するわね？」

こうして、二人はやっと紅葉から解放された。

「ごめんなさいねぇ？　うちのママン、おしゃべり大好きだから」

「……血筋だな」

小さくつぶやく神威に、世莉も全力で頷《うなず》くが、楓には聞こえなかったらしく、「え？」

と聞き返す。

「いや、お前がマトモに見えて驚いてるだけ」

それにも激しく同意な世莉だか、やはり楓は「えー？」と意外とばかりに声を上げた。

「あたしはいつだってマトモじゃない？　というか、本当ならお振《ふ》り袖《そで》着たかったけど、それやっちゃうとまたしばかれちゃうし。折角呉服屋に生まれたのに宝の持ち腐れよねぇ？」

何から何まで間違ってるが、もう訂正する気力もなく、世莉は愛想笑いで誤魔化した。

「お部屋は世莉ちゃんがこっちで、神威ちゃんはこっち。あたしは神威ちゃんの隣だけど、くれぐれも襲わないでね？」

「死んでも襲わないから安心しろ」

そんな神威の冷たい返しに「残念」と笑いながら、制服を二人に手渡した。

「あとこれは復習ね？　相手が学生っぽいから油断は禁物よ？　世莉ちゃんは常に鈴と短刀を持ち歩くこと！」

「はい……、でも、私、本当に何をすればいいんですか？」

細川からの説明では、今回の不可解な現象は高校で起きているらしい。だからこそその二人が選ばれたのだが、その『現象』というのが、原因不明の『事故』だという。それはあるクラスにのみ起き続け、余りに不自然なので彼らに調査依頼が来たのだ。

「世莉ちゃんは本当に通うだけでいいのよ。だって修行もしてないんだし？　だから今回は見てるだけが仕事かしら？」

「はあ……」

納得は出来ないがここまで来て帰るという選択肢もなく、そのまま翌朝を迎えた。

「世莉ちゃーん、朝よ？　って、もう起きてたの？」

ノックも無しにドアを開けた楓に、世莉は苦笑いしながら制服姿で「はい」と答えた。

「なんとなく、目が覚めちゃって」

「あら、枕が合わなかったのかしら？　あたしのと交換してあげましょうか？」

そんな申し出には丁重にお断りした。あのレースがふんだんにあしらわれた枕では、さらに眠れないこと間違いなしだ。

「でも早起きでなによりだわ。しかも着替えてるなんてグッジョブよん♪　さ、修行始めましょっか？」

「え？　修行って!?」

「ほら、なっちゃんに頼まれたでしょう？　どこでも出来ちゃうから、今やっちゃえば一石二鳥じゃない？」

突然のスケジュールに驚く世莉を、楓は「こっちこっち」と手を引いて歩き出した。

お店の裏から出るとそこには小さな庭があり、そして小さなお社があった。

「まずはここのお掃除からね」

「え？」と声を上げる世莉に、楓は「はい」と箒《ほうき》を渡した。

「これはうちの屋敷神なの。かなり昔から商売してるからね、商売繁昌《はんじょう》のお稲荷《いなり》さん♪」

稲荷神社は全国におよそ3万社あるといわれ、その総本宮が京都にある伏見稲荷大社《ふしみいなりたいしゃ》だ。五穀豊穣《ほうじょう》、商売繁昌、家内安全、諸願成就の神として、全国津々浦々に広く信仰されている。そのため個人や企業で屋敷神として祀《まつ》られることが多く、デパートの屋上などで見ることも多いだろう。

「因《ちな》みに、祀られてるのは宇迦之御魂神《うかのみたまのかみ》。素戔嗚尊《スサノオノミコト》の娘ですって。こんな知識なんの役に立つか分かんないけど、覚えても損はない、かしらねぇ？」

そう説明する楓に世莉はクスクス笑いながら「ありがとうございます」と答えた。

「それじゃお掃除始めますね？」

「そう！　嫌って言っても……、って嫌じゃないの？」

普通に掃除を始めようとする世莉を不思議に思ってそう聞けば、世莉は簡単に「家でも毎朝やってましたから」と答える。

「あ、そうだったわね！　お家《うち》、神社ですものね！　それにさっきの話、やっぱり無駄じゃなかったわ」

「え？」と声を上げる世莉に楓は「うふっ」と笑う。

「ほら、言ったでしょ？　宇迦之御魂神は素戔嗚尊の娘だって。ハバキリは素戔嗚尊の剣。愛されて当然ね」

愛されてる？　と不思議に思う世莉の箒に、パタパタとやってきて留まったのは小さなスズメより一回り大きいヒヨドリだ。

少し驚いて箒を動かしてしまうと、ヒヨドリはまたパタパタと飛んで社の屋根に留まり「ヒーヨ、ヒーヨ」と可愛い鳴き声を上げる。するとつられるように数羽飛んできて、並んで歌でも歌うように鳴いた。

「ほらね？」

楓にそう言われて、世莉は少し照れるように「だと、嬉《うれ》しいです」と答えた。

「ふふ、それじゃよろしくね？」

「はい。……って、修行はこれが終わってからですか？」

そう聞く世莉に楓は「あら、これが修行よん」と答えた。

「巫《みこ》は神様とこの世界を繋《つな》ぐのがお仕事なの。だからこれも立派な修行なのよ？」

「…………」

別に掃除が嫌いで素直に頷けないわけじゃない。それが楓にも分かるから、彼は世莉の頭をポンポンと優しく撫《な》でた。

「焦らないで。ちゃーんと教えてあげるわ。それとこれが終わったら朝ごはんをしっかり食べるの。これも大切な修行の一つだからね？」

そんな言葉に、世莉はやっと「はい」と笑顔で答えることが出来た。

修行かぁ。そう思いながら箒を動かせば、それに合わせヒヨドリが鳴く。綺麗《きれい》に掃き終わり振り返れば、さわやかな風とヒヨドリが世莉のすぐ横をすり抜けていった。


「それじゃ行ってらっしゃーい♪」

楓に見送られて二人は家を出た。

「わっ！」

家を出てすぐ曲がったところで、首根っこを摑《つか》まれて声を上げると「こっち」と神威に逆方向を指される。

「え？　でもスマホで見たら」

「だからこっち。コンビニがここにあんだろ？」

言われて地図を見れば確かにコンビニがあって……。

「迷子になるなよ？」

「な、ならないし！　スマホがあれば」

「あっても今の今、迷子になりかけたな」

「――その時は周りの人に聞くから大丈夫！」

そんな会話をしながらも、彼は道路側を歩き、その歩幅も世莉に合わせていることに気づいて、世莉は隣の彼を見上げた。

何度見ても、綺麗としか表現のしようのない顔。中性的に見せてるのは長めの睫毛《まつげ》かもしれない。テレビで見る芸能人よりも彼の方が、遥《はる》かに目立つ存在だ。髪が銀色だからってだけじゃない。顔の綺麗さも、彼が纏《まと》う存在感も――。

「何見てんの？」

「え？　やっ、見てるって――、そっ、それよりその髪は大丈夫なんですか？」

見惚《みほ》れていたのを誤魔化したくて、急いで視線を外してそう言うと、頭の上にため息が一つ落ちてきた。

「敬語。いい加減慣れろ」

「な、慣れます！　あ！　もう！　ってか、その髪！　生徒指導まっしぐらでしょ？」

混乱した頭を抱えて、やっと着地点を見つければ、神威は「あー、お前だけ」なんて答えるから世莉は首を傾げた。

「だからこの髪が見えてんの、お前だけ。他の奴らには黒に見えるよう術かけてるから」

「……術？」

「そ。前もそうしてたから黒かったろ？」

言われて思い出してみれば、確かにそうだった。

「でも、そんな術なんてかけなくても黒に戻しちゃえば良くない？」

そっちの方が簡単に思えるのだけど……。

「……これが地なんだよ。染めても染まんねぇの」

「そんなこと――」

あるわけない、ないはずなんだけど……。

「信号、渡んぞ？」

「あ、うん」

きっと嘘じゃない。それが分かったから世莉はそれ以上言わなかった。


学校に着いて向かうのは勿論《もちろん》職員室。ここでも迷子にならなかったのは神威のおかげだ。

「えーっと、久遠神威君と世莉さんだね。君が3年か、私が担任だからよろしくな」

目の前の男性教諭にそう言われ、神威は「お願いします」と軽く頭を下げた。

「えっーと、向井《むかい》先生、彼女がおたくの転校生。よろしく頼むね？」

呼ばれたのは頼りなさそうな女性教諭で、彼女は自分が座ってた椅子のキャスターに足を引っ掛け転びそうになりながらコチラに向かってきた。

「あ、あの、向井です。よろしく、ね？」

もうすでに疲れて見える彼女に、世莉も「よろしくお願いします」と頭を下げた。

「それじゃもう少ししたら教室に案内するから、ちょっとその辺で待ってて」

その言葉に従い、二人は職員室の隅に移動した。

「本当にその髪、何も言われなかった……。そんな色、絶対生徒指導まっしぐらなのに」

「……お前の短刀の方が職質まっしぐらだよ」

「だって絶対持ってけって楓さんがっ」

「ま、持ってて良かったな」

そんな声に頭を上げると、神威と目があってしまって若干慌ててしまうが、なんとか
「な、なにが？」と世莉は返した。

「多分、お前のクラスだ」

「え？」と声を上げるのと同時にチャイムが鳴り、お互いの担任が二人を呼んだ。

「ま、なんとかなんだろ？　なんかあったら呼べよ？」

「ちょっ、そんな！」

そんな不穏な言葉を最後に、世莉は神威と別れてしまった。

8. ○○が出るとか、出ないとか。

「どうかした？　久遠《くおん》さん」

そう聞かれれば「なにも無いです」としか答えようもなく、向井《むかい》のあとを歩くだけ。

階段を上がり渡り廊下を抜けて、新館へ。その2階の一番北側で向井の足は止まった。

そっと目を閉じてポケットの中の鈴に意識を向けてみるが、音は聞こえない。

「緊張してるよね？　でもきっと大丈夫だから」

気力のない笑顔で言われても説得力は無く、世莉《せり》も作り笑いで応対した。

すーっと開けられるドア。向井が入ってきたことに気づいていないのか、教室内は騒がしいままだ。

「み、みんな、聞いて」

その声にも誰も反応しない。

「あ、あのっ」

「あれ？　転校生？」

生徒の一人がそう口にして、やっとクラス中の視線が教卓に向いた。

「き、今日からこのクラスに入る久遠さんです」

少し震え気味な声を不思議に思いながらも、世莉は教室に入り軽く頭を下げた。

「久遠世莉です」

よろしく、と言う間もなく「うおー！　女子やん！」という男子の雄叫《おたけ》びと、「あれ？　あの情報嘘やったん？」「男子って誰か言うてなかった？」というヒソヒソとした女子の声が教室中を支配した。

「あ、あのっ、それじゃ、席を――」

「久遠さんやったっけ？　こっち席空いてるよー」

向井の言葉なんて誰も聞かない。完全に無視して、ひとりの女子が世莉を呼んだ。けれど、世莉は向井を無視することが出来ず、「え？　えと……、センセ？」と声をかけるが、向井も苦くも薄い笑みを浮かべて、「うん、そこで」と世莉に行くように促した。

「あ、あの、それじゃ、出席を取るから」

そんな向井の声に答えるものは居らず、名前を呼ばれても完全に無視だ。こんな状況を不思議に思っていたら、世莉を呼んだ後ろの子が「気にせんとき」と言ってニコリと笑った。

「え？　でも……」

「いっつもこんなんやから。うちは前田《まえだ》ナオ、よろしくな？」

見た目は派手、かといえばそうでもない。メイクもナチュラルだし、服装だってちゃんとした制服で俗に言う『不良』というのとは全然違う。それは周りに座る生徒たちにも言えて、だからこそ世莉には不思議だった。ドラマに出てくるような派手な人種なら、こうして先生をシカトするのも分かるけど、こんな普通の生徒なのに向井に対する態度は一体なんなのか？

「それよりどっから来たん？」

「あ、島根から――」

「こんな中途半端な時期なんて、親の転勤かなんか？」

「あー、そんなとこ、かな？」

「島根から大阪なんて栄転やん！」

「そーとは限らんやろ？」

最初こそ前田だけだったが、気がつけば沢山の生徒に囲まれて息苦しさすら感じる。

「ところで、一緒に来たのはもしかしてお兄さんなん？」

「う、うん……」と答えると、女子の間から黄色い歓声があがった。

「遠目やったけど、めっちゃイケメンやん！」

「お兄さん、彼女おるん？」

「居てるやろ？　な？　どんな人なん？」

そんな質問に「さあ……？」と笑って誤魔化してる間に、ホームルームは終わり向井は教壇から姿を消していた。

「ようこそ、3組へ。仲間が増えるのは大歓迎や」

集る生徒に割って入ってきたのは、一人の女子。彼女もまた、不良とは程遠く普通の女子高生にしか見えない。なのに、奇妙な緊張感に世莉は襲われた。

「うちは木村早紀《きむらさき》。分からんことあったらなんでも聞いてな？」

浮かべる笑顔は穏やかなのに、なぜ心はこんなにもざわつくのか。しかも周りの生徒たちまで彼女に一目置いているのが感じられる。

「なんでも……？」

思わず、なんでこんなことを聞いてしまったのか。口にして後悔したけどもう遅い。

「うん、なに？」という穏やかな声に、世莉は息を呑《の》んだ。

「あの……、なんで先生を無視してるの？」

かなり地雷な予感はしたけれど、気になって仕方ない。それに今回の話は、もしかしたら呪いとか祟《たた》りとか、全く関係ないのではないだろうか？　それならそれで、神威《かむい》や那智《なち》の出番はないわけだし、寧《むし》ろＰＴＡなり教育委員会なり文部科学省の管轄だ。

「先生？」

世莉の質問に、木村はそう口にしてケラケラと笑い始めた。

「あんなん先生ちゃうわ、ただの使いっぱやし。そんなやつ、なんで気にせなあかんの？」

そう言い切る木村に誰も反論なんてしない。寧ろ「せやなぁ」と同意していた。

「大人なんて汚い生きもんや。アイツらの言うことなんて絶対聞かへん。アンタもそのつもりで。裏切ったら許さへんで？」

脅迫めいた言葉に、世莉は背中をぞくりとさせられた。

「しかし、前のやつは早いとこ辞めたけど、向井は頑張るなぁ」

「教師ヅラしてホンマむかつくわ、あの女」

こんな雰囲気に世莉は慣れるはずもなく、妙にドキドキしたまま席に座っていた。

「気にせんでええよ」

そう声をかけてくれたのは、最初に世莉を呼んだ前田だ。

「ほら、よくあるやろ？　ちょっとした反抗期っていうか、まぁそれのちょい複雑なもんやから」

「う、うん……」

「でも、木村には逆らわんとき」

小声でそう言われて「え？」と顔を上げると、彼女は「お昼、うちと食べよな？」と言って二コリと笑った。

その後にある授業も、誰も先生の話を聞かないし黒板の文字を写したりもしない。みんな自由におしゃべりをし、勉強したい生徒は勝手に違う教科書を出して何やら問題を解いている。

「……これも、フツーなんだよね？」

世莉が確認をとったのは後ろに座る前田にだけ。彼女も「こんなもんや」と気に留めることなくヘッドフォンで何かを聞いていた。そう言われても、今は授業中だしどうしていいか分からず前を向いて啞然《あぜん》とする世莉に、前田が後ろから突いてきた。振り返ると、ヘッドフォンを外した彼女が「なんか分からん？」と聞いてきた。

「え？」と聞き返す世莉に前田はもう一度同じ言葉を繰り返す。

「今、あいつが黒板に書いてること、分からへんの？」

あいつ、とは勿論先生のことだ。そして今は数学の授業で、三角関数の公式が書かれていた。

「前の学校で習ってへんの？」

「えと、公式は習ったけど応用はまだっていうか……」

どちらかというと、こちらの方が進みが早い。しかも難易度も高い気がして言葉を濁していると、前田は「うちが教えてあげる」と世莉の机に手を伸ばしノートを手にした。

「ほら、この問題な？　この公式をここに当てはめて……」

おそらく、教壇に立っている先生も同じ説明をしているはずだ。けれど前田は気にすることなく、その解き方を世莉に説明した。

「分かる？」

「あ、うん。ここまではなんとか……、って前田さんは自力で勉強してるの？」

「まぁな。うちは曲がりなりにも進学校やしな、せやから公立でも教員は若いねん」

そんな説明に思い出せば、職員室の教員は、かなりの年寄りか新任に近い若い教師の2極化していた。

「理由がな、ここならセンセの力が無《の》うても生徒が勝手にやるからなんやて。そんなが『センセー』とか笑えるよな？」

前田はそう言いながらまたヘッドフォンを耳に当てた。

「ま、なんか分からんかったらうちに聞いて。うちが分からんでも分かるやつおるしな」

そう言うと前田は机に伏せてしまった。

どの授業もそんな感じで、生徒は先生を無視するし、そんな生徒を先生も注意することなく授業を進める。

世莉からすればどの授業も前の学校よりレベルが高いから、少しでも追いつかないと、と思うのだけど、どうやら先生の授業を受ける、という行為がこのクラスではタブーらしく、後ろの前田がほとんどの教科を教えてくれた。

「あー、やっと昼やな。久遠さんはお弁当？」

先生はチャイムと共に居なくなり、お昼ということもあって教室は授業中以上に騒がしくなっていた。

「うん、作って貰《もら》ったの」

「お母さんに？　ええなぁ。ほな売店寄ってよそで食べよか？」

お母さん、ではないが説明するにはかなり面倒なので、世莉は訂正せず頷《うなず》いた。

まるで満員電車のような売店で前田が購入したのは、カツサンドとコーヒー牛乳。

「これは久遠さんのな？」

そう言って世莉にも同じコーヒー牛乳を渡してくれた。

「あ、いくらだった？　お金――」

「ええよ、音楽室でええよな？　日当たりもええし、人も来んから」

そう言われて、世莉は前田に付いていった。実は他の生徒からも一緒に食べようとさそわれたのだが、「ダメ、久遠さんは吹奏楽部に勧誘予定やから」と前田に引っ張られ出てきたのだ。

「あれ？　アンタ居てたん？」

「居《お》ったら悪いか？」

音楽室のドアを開けての前田の第一声に答えたのは、男子の声で――。

「えと、奥村《おくむら》君、だよね？」

英語の授業で、前田に代わって教えてくれた男子生徒だった。

「ま、ええわ。こいつは居らんと思うて」

「人を空気みたいに。ま、ええけど、寝るから邪魔せんといてな？」

そう言うと奥村は並べた椅子の上に横になった。

「ま、食べながら話そか？　聞きたいことぎょうさんあるやろ？」

窓際に座る前田の隣に、苦笑しながら世莉も座った。

「って、大ご馳走《ちそう》やな！　その弁当！」

「……だね」

開けてびっくり玉手箱とはこのこと。楓に持たされたお弁当は、まるでどこかの料亭のお弁当のように色鮮やかで、手の込んだものだった。

「愛されてるなぁ」

「そう、かなぁ……」

ちょっと違う気もするけど、他に返しようがない世莉に、前田は「ええな、アンタは」と小さく笑った。

「で、何から話そか？」

「え？　あ、えと、……どうしてみんなで先生を無視なの？」

一人二人なら分かる。そんな生徒が居てもおかしくないし、世莉の居た学校にもかなり珍しいが居ないわけじゃ無かった。

しかも先生全員を無視、というのも分からない。先生の好き嫌いはあるけれど、それでも人気のある先生の一人や二人はいるはずだ。それが、このクラスはすべての先生を無視してるのだ。

「うーん、嫌いだから」

「みんな？」

「みんなやないかな？」

「……前田さんも？」

そう聞くと前田はカツサンドを頬張ろうとして、ふっと笑った。

「ま、フッーはそう思うよな？　別にうちはどうでもええよ。先生が嫌いでも好きでもないし、ま、面白ない授業なんて聞きたないからヘッドフォンはしてるけど」

「それって、授業受けてもいいいって意味だよね？」

なんだか上から目線でおかしな話だが、そう聞くと前田は「まあな」と答えた。

「うちはええけど、嫌やって駄々こねるやつが居てるから」

「……それって、木村さん？」

世莉がそう聞くと、前田は苦笑しながら頷いた。

「あの子のイトコ言うてたかな？　万引きで捕まったんて。そいつは『人違いや』って言い張って親の連絡先教えへんかったら、学校の担任が店に呼び出されてな、『なんでこないなことしたん？　はよ謝り！』言うて、そいつの言葉は一切聞かんかったらしい」

よくあること、といえばそうかもしれない。けれど、本人にとってそれはよくあることでは済まされない。

「それが原因で大学の推薦も取り消されたんて」

「…………」

可哀想、なんて言葉は陳腐すぎる。これで彼の人生は大きく変わったはずだ。それに気付いて、世莉は口元を押さえた。

「一般入試も受けたけど結局どこにも受からんと、引きこもったとかなんとか。詳しいことまでは知らんけどな、そんときの先生がうちらの一番最初の担任やったん」

「え？」と驚く世莉に前田は苦笑いし、「今の向井は3人目やねん」と教えてくれた。

「それを木村がクラス全員にバラしてな、結構エゲツないことして辞めさせたんが始まりかな？」

きっとこれが最初の案件。学級崩壊からの担任イジメなんてよくあるニュースだし、教員のうつ病や長期休職もよく聞く話だ。だからといってそれが身近で起こることは、稀有《けう》だろう。そして世莉も経験はなく、驚きの表情を顔に張り付けた。

「そうなると罪悪感みたいなもん生まれるやん？　一人が『やりすぎちゃうか？』って言いだしてな。そしたら木村がめっちゃ怒って『お前も同罪や！』言うていじめみたいなこと始めてな、そいつが来んようになったんが夏休みのころやったかな？」

いじめがこの世からなくなることはないだろう。そしてそのきっかけなんて本当に些細《ささい》なことで、なのに止まらないのがいじめだ。

「別に珍しいことやない。ないんやけど……」

途中で言葉を止める前田に、世莉は「なに？」と聞いた。すると、前田は困ったように顔をゆがめながらも口を開いた。

「なんか、変なんや。担任が辞めた時も、そいつの時も」

「変？」と聞き返す世莉に前田はこくんと頷く。

「そいつの家にプリント届けに行ったことあるんやけど、『鬼に食われる』言うてな、ドアから出てけえへんかった」

「おに……」

聞きなれない言葉に、世莉は思わず繰り返してしまった。

「実は前の担任もな、『鬼や－！』言うて教室から逃げ出したことあってな。そんときは『頭おかしなったんちゃうか？』ってみんなで笑うてたんや。だってええ大人が『鬼』とか、笑えるよな？」

　ははっと自嘲《じちょう》気味に笑う前田だが、世莉は笑うことができずに心の中で『鬼』という言葉を反芻《はんすう》していた。

　もちろん、『鬼』なんて見たことはない。というかいるはずがない。のだけど、ここ最近の体験からそれを完全に否定することができない。

「それもな、木村の姿を見て――」

「そろそろやめとけよ？　前田」

　彼女の話を遮ったのは寝てるはずの奥村だ。短めの黒髪をかき上げて、彼は立ち上りふたりの前で立ち止まった。

「鬼なんて居てるわけないし、どーでもええ話や」

　そう言われ前田も「……そやな」と目を伏せた。

「そういう事やから、木村には逆らわんときな？」

　世莉だっていじめられたくはない。だけど――。

「分かった……。けど、ずっと授業を受けないとか、そんなの意味無くない？　その酷《ひど》かった先生は辞めたんだから、もうこんなの」

「意味ないよな、分かってる。分かってるけど……」

　彼女には逆らえない。続く言葉に世莉はギュッと唇を噛《か》みしめた。

「そうやってみんなが彼女を女王にしてるんだよ。やりたくないならやりたくないって声を上げないと」

「久遠、お前の言ってることは間違ってない。そして、お前と同じことを言ったやつがおらんかったわけでもない」

そんな奥村の言葉に世莉はホッとした。ちゃんと言える人もいる。そう思ったのに――。

「ま、そいつは絶滅危惧《きぐ》種の不良とか言われる人種やから、お前の正義感とはちょっと違うけどな」

「べ、別に正義感とかそんなんじゃ」

「どっちでもええけど。結局そいつは普段の素行から、家出でもしたんやろって話になってるけど、木村に突っかかった翌日からおらんなるなんて、気にするなっちゅーほうが無理や」

「…………」

ここまで偶然が重なる、なんて普通は思えないだろう。誰だって木村を疑うのが当然だ。

「ま、そいつの父親は政財界のお偉いさんやからな、素行の悪さに転校させたって噂にもなってるし、なにが本当なんかも分からんけど」

彼のことも心配なのだが気になることがもう一つ。

「ね、ねえ？　木村さんって昔からそんな……、えと、鬼を使役するっていうか、そういう噂あったの？」

仮にそれが瑠璃《るり》や玻璃《はり》のように『式』である可能性は捨てきれない。だからと言って、それを簡単に使えるようになるとは考えられず、そう聞くと奥村は「はっ」と笑った。

「あるわけないやろ？　鬼とかいうんも誰かのいたずらか錯覚やろ？」

「う、うん、そうだと思うんだけど、中学の時は？　その時もそんな噂とか」

「無い、ゆうてるやろ？」

うざそうに奥村にそう言われながらも、世莉はほっとした。そっち系の話でないなら、もっと事は簡単になるはずだから。

「それならさ、別に授業をボイコットしなくてもよくない？　みんなこんなの良くないってわかってるんだから――」

「俺は忠告したからな？」

そういうと奥村は音楽室から出て行ってしまった。パタンと閉まるドアに前田が脱力するように笑う。

「許したって。あんたが座ってた席のやつな、あいつの親友やってん。連絡とれんでイライラしてるんや」

「……うん」

何も出来ることが無くて、きっと彼も歯がゆいのだろう。

「そういうわけやから、『触らぬ神に祟《たた》りなし』ってこと、分かったな？」

そう念を押されて、世莉はもう一度頷《うなず》いた。

次の瞬間、微《かす》かに鳴る鈴の音に、世莉は顔を上げた。そして背後に感じる視線に振り返ると――。

「……え？」

視界をすべて塞《ふさ》ぐように大きな何か。それにはギラリと光る目があり、醜い口からは真っ白で尖《とが》った牙《きば》が、さらにはその頭部にはコブにも似たものが2つあり、まさしく『鬼』と表現するに相応《ふさわ》しい姿の生き物に見えた。

けれどそれは一瞬で、小鳥が目の前を横切った次の瞬間には、青い空が見えるだけ。

「い、いややなぁ。うちが脅かしたからって、やり返さんでもええやん」

「あ、ごめん。そういうわけじゃ……」

気にし過ぎて、変な幻覚でも見てしまったのだろうか？　その証拠にもう鈴の音は聞こえない。

「ええよええよ、うちらも脅し過ぎたもんな。とりあえず、吹奏楽、どうする？」

「え？　吹奏楽……？　あ、そうか」

それを理由に、前田が音楽室《ここ》に連れて来たことを思い出して、世莉は苦笑いした。

「私、まともに音符すら読めないの。きっと迷惑かけるし止めとくよ」

世莉がそう答えると前田も「そっか」とだけ答えて、この話は終了した。

昼からの授業も午前と変わらず、そして放課後がやってきた。

「久遠さん、吹奏楽に入ることにしたの？」

そう聞いてきた木村に、思わず身構えてしまうのは仕方のないことだろう。

「あ、ううん。まだ少し考えようかなって」

なんとか誤魔化してカバンを持つ世莉の前に、木村が立ち塞がった。

「そやな、まだここのこと分からへんもんな。そや、うちが案内しよか？」

ドクンと、変に心臓が胸を打つ。

「だ、大丈夫。お昼に色々前田さんから教えてもらったし」

これは嘘じゃない。あの会話のあと、学校案内もしてもらったのだ。

「全部やないやろ？　ほら、遠慮せんと――」

そう言って世莉の手を摑《つか》もうとしたとき。

バチッ――！

「――っ」

「きゃっ！　なんや!?」

ふたりの間に大きな静電気が走った。

勿論《もちろん》、こんなことは初めてじゃないから、世莉はカバンを胸にギュッと抱きしめた。この中には短刀もあればスマホもあり、何かあったら直ぐに神威を呼ぶことが出来るから。

　大きな静電気に顔をしかめ、木村が世莉を睨《にら》んだ。

「アンタ、一体――」

「いつもの静電気か、今日も乾燥してるからな」

　その声に教室中の視線が彼に注がれた。

「か、神威さ――」

　いや、お兄ちゃんだったか？　混乱する頭で正解を探そうとするのだけどうまくいかず、世莉は自分の口元を押さえた。

「悪いね。こいつ、かなりの静電気体質なんだよ」

　そう言いながら、神威は教室に入り世莉のそばまでやってきた。

「大丈夫だった？」

　世莉が見たこともないような笑顔を浮かべて、神威は木村の手を取った。

　間近で見れば、神威の端整な顔立ちはさらに分かるだろう。そして作られたものとはいえ上げられる口角に、そこに居合わせた女子の頬が赤くなるのは当たり前かもしれない。

「だ、大丈夫です！」

　木村がそう答えると、神威は「そう、良かった」と彼女の手を離した。

　そして振り返り、作り笑いではない勝ち誇ったような笑顔に世莉は何も言えずモヤモヤしてしまうのだ。

「帰れるか？　それとも部活でも？」

「……入らないし」

「なら、迷子にならないように一緒に帰ってやるよ」

「ならないし！」

「なるだろ？　そんな自信あんなら一人で帰るか？」

ぐうの音も出ない、とはまさにこのことで、

「……待ってて」

世莉が小さくそう答えると神威は意地の悪い笑顔を浮かべて、「急げよ？」と教室を出ていった。

「え？　今のがお兄さん!?」

「メッチャイケメンやん！」

「彼女居てるの!?」

実際知らないのだから、「さ、さあ……？」としか答えられない。

「うわぁ……、イケメン転校生の噂は聞いてたけど……、想像以上やなぁ」

世莉を心配してくれた前田ですら、こんな感想を口にした。

「でも、全っ然似てないな？」

さらにはこんな意見に、教室中の視線が世莉に集まった。

「……よく、言われる」

嘘を吐くことに向いていない世莉だから、声も小さく視線も下を向く。そうすると、クラスメイトは何やら勘違いしたようで、「ま、まぁ、似てない兄妹《きょうだい》なんてよくあることやし？」とか、「男と女やからな、似てないなんて当たり前やん？」などと同情の声まで上がる始末。

この状況に世莉はいたたまれず、「そ、それじゃ！」と逃げるように教室を後にした。

「遅い」

「…………」

そう言われても、反論できないのはやはり助けてもらったことが大きいだろう。他にも色々複雑な感情があるのだが、それを説明するにはかなりの時間を要するため、世莉は諦《あきら》めて別のことを口にした。

「あの、彼女、だよね？」

彼女、とはもちろん木村の事で、それを肯定するように神威はフッと笑った。

「お前、ビビり過ぎ、そのせいで鞘《さや》が過剰に反応してんだよ」

「だ、だって鬼が——」

彼女が鬼を使役できるのだとしたら、ビビるなという方が無理というものだ。

「鬼ねぇ……、あの女からは全然鬼の気配なんて感じなかったけど？」

「え？」

驚く世莉に神威は、ニヤリと意地の悪い笑みを浮かべる。

「だから、ビビり過ぎなんだよ。ま、鬼らしきものがフラフラしてんのは間違いないみたいだけどな。お前、見たのか？」

「一瞬、だったけど……」

幻かと思うくらいに短い時間、けれど今でもはっきりと網膜に焼き付くほど強烈な出来事だった。

「で、お前が役小角《えんのおづぬ》をあの女だと思った理由は？」

「えんの……、って？」

聞きなれない言葉を繰り返せば、神威は呆《あき》れるようにため息をつく。

「この世界にいる気なら勉強しろ」

「……で、誰なんでしょう？」

別にこの世界に居続けるつもりはないけれど、気になるものは気になるし、このままでは話が進まないのでとりあえず聞くことにした。

「飛鳥《あすか》時代の呪術者で役行者《えんのぎょうじゃ》とも呼ばれてる。前鬼《ぜんき》・後鬼《ごき》という二匹の鬼を使役してた人物だ」

「え？　鬼って式みたいに使えるってこと？」

「さあな。もしかしたらそいつの式が鬼の形を取ってただけかもしれんし、本当に鬼を調伏して使役したのかもしれない。なんにしてもそれなりの実力者だってことは確かだな」

そういうものなんだ、と世莉は飲み込むしかなく「ふーん」と相槌《あいづち》を打てば、神威は面白くなさそうに顔を歪《ゆが》めた。

「人が折角教えてやったのに」

「だ、だから凄《すご》いなって！」

「どっちにしても、今の日本にそんな術者がゴロゴロいるとは思わないし、女子高生にそんなことは無理だろ？」

なら、やっぱり木村ではないと言うことなんだろうか？　と結論付けようとしたとき、神威は「でも――」と続けた。

「鬼を宿したなら話は別だ」

「え？」

「その身が結界代わりになるからな、言ってみれば、人間の皮を被《かぶ》った鬼ってところか」

「ま、待って、そんなこと――」

「人間は視覚に頼り過ぎる生き物だからな、騙《だま》すなんて簡単だ」

そう言って神威が世莉の目の前で人差し指を立てて空間を切り裂くように横に動かす。

すると神威の髪は黒色に変わって、世莉は息を呑《の》んだ。

「これで意味が分かったか？」

頷くことも出来ない世莉に、神威はフッと笑えばまた髪はもとの色に戻る。

「ま、それでもお前を傷つけるだけの力は無いだろうな。今でもそこでヒヨドリがお前を監視してる。ほら」

と神威が指差す方を見れば、木の枝にヒヨドリが留まり「ヒーヨ、ヒーヨ」と鳴いた。

「あっ！　もしかしてあの時も⁉」

一瞬見えた鬼の姿は幻かと思ったのに、それは幻ではなく、どうやらヒヨドリに助けられたらしい。

「もう守られてたか」

神威はそう言って笑うけど、世莉の胸の中に温かいものがこみ上げてくる。

「ありがとう」

そう言うと、ヒヨドリは世莉の肩に留まり頬ずりをする。するとじんわりと温かさが伝わってきて――。

「ふん、一端に祝福か」

神威がそう言うと、ヒヨドリはどこかに飛んでいってしまった。

9. 修行をするとか、しないとか。

「おかえりなさーい！　ご飯にする？　それともお風呂《ふろ》？　やっぱりここはワ・タ・ぶっ！」

「キモイ、やめろ」

最後の決め言葉を言えなかったのは、神威《かむい》が楓《かえで》の顔にカバンをぶつけたから。

「まー、照れちゃって♪」

それでもめげない楓に、世莉《せり》も苦笑するしかない。

「で、どうだった？　何かわかったことある？」

その言葉に、世莉はなんと答えていいか分からずにいたら、神威が口を開いた。

「鬼がいる」

背中に冷たいものを感じて、世莉は身体を小さく震わせた。

「あら、また大層なものがいたのね。ただの教員イジメなら良かったのに」

いやいやそれも困るが、でも確かに『鬼』なんてものにどう対処すればいいのか。

「なんとか、なるんですよね？」

それでも、目の前の彼ならなんとかしてくれそうな気がしてそう聞くと、神威は「そうだな……」と腕を組んで世莉を見下ろした。

「とりあえず聞くが、欠片《かけら》を感じたのか？」

「え？」

「だから、お前の中の鞘とか鈴は少しくらい反応したのかって聞いてんの！」

「……えと、木村《きむら》さんに腕を掴《つか》まれたときは静電気が」

「それはお前のビビり過ぎが原因だろ？　それとも彼女に欠片の反応でもあったのか？」

「それは——」

そもそも、出雲大社《いずもたいしゃ》であの外国人が持っていると叫んだのは、どうしてだったのか。確かに鈴の音は鳴ったが、警鐘のような共鳴のような？　なら、今日あの鬼が現れたときはどうだった？　と、思い出してはみたが一瞬のことでどっちだったか……。

「分からない、です」と素直に答えれば、神威はわざとらしく両肩を落とした。

「なんのためにここまで来たんだ？」

もともと、来たくなんてなかった。けれど、那智《なち》や楓が——。

「なにかの役に立つって……」

「立ってるか？」

鬼は見たけど、それは神威も感じたという。木村が首謀者かと思ったけれど、それも違う。さらには変にテンパって暴走しかけた力も、神威の機転で何事もなく済んだ。

「……立って、ません」

「だから俺は止めとけって言ったんだよ！　欠片検知機にもなんないなら――」

「神威ちゃん、言い過ぎよ」

そう言って、神威の口を封じたのは楓の持ってる扇子だった。

「巫女《みこ》修行だってまだ初日、それをこんな風に追い詰めるなんて男のやる事じゃないわ」

「なっ、だから俺は一人でいいって」

「ほら、泣きそうな顔して、可哀想に」

そう言って抱きしめるから、世莉は「わぁっ」と驚きの声を上げた。今は実家にいるせいで和服マジックもかかってるから、かなりイケメンの部類に入る楓。しかもやはり男だから胸板だってあれば、抱きしめる腕の力も強い。

「大丈夫、欠片のことは気にしないでいいのよ？　でも何か感じたらちゃんと教えてね」

「……は、はい」

ドキドキするのは、きっとこんなことを男の人にされたことが無いからだ。世莉がそんなことを考えていると、「勝手にしろ」と神威は何処かに行ってしまった。

「あらあら、ジェラシーかしらねぇ？」

うふふ、と笑う楓は間違いなくいつもの楓で、だから世莉も「それは無いですよ」と笑うことが出来た。

「えと、でもこれは私が照れます」

素直にこの状況の感想を言えば、楓「あらん」といつもの調子で答えた。

「女の子同士のハグなんだから照れることなんて無いわよ。この格好がダメなのかしら？出来るならお振《ふ》り袖《そで》を着たいけど、そうするとママンから扇子が飛んでくるし」

「いえ、そのままで……」

絶対こっちのほうが似合っているのだけど、それを言うと楓が傷付くような気がして、世莉は言葉を濁し、話題を変えた。

「でも、私、もう守ってもらってますから」

「ん？」と首を傾げる楓に、世莉が鬼を見たときのことを伝えると楓は納得してくれた。

「それは世莉ちゃんが、ちゃんと心を込めてお掃除してるのが伝わったからよ。きっとこれからもあなたを守ってくれるし、力にもなってくれるからしっかりね？」

「はい」

世莉の淀《よど》みない答えに、楓はキュン死しそうになりながら「いい子ね、ほんと良い子だわ」と力いっぱい頭を撫《な》でた。

「それじゃ。修行を始めちゃうから部屋で着替えてきてね？」

言われるまま部屋に戻ると、スマホが点滅しており世莉は画面のロックを外した。

「あ、アユだ」

それは今まで通ってた高校の友達。アユからのものだった。

『昨日から当分休みって聞いたけど何かあった？　みんな心配してるよー』

「そう、だった……」

バタバタと振り回されて、気がつけば大阪の高校に転校だ。普通の転校ならちゃんと挨《あい》拶《さつ》も出来るのだけど、あまりの環境の変化に、世莉はどっと疲れを感じベッドに座り込んだ。

「でも、お休みにしてくれてるんだ……」

きっと那智か楓の気配りだろう。休んでいるだけならいつかまた帰れる。そんな思いにホームシックにすらなりそうだ。

「えーと、なんて返しておこうかな？」

そんな自分の気持ちを振り切るように、世莉はそう言ってスマホに指を滑らせた。

「これで大丈夫、かな？」

電話をしたいけど、声を聞くと帰りたくなってしまうだろう。だから文字のみで『大丈夫』と伝えて、世莉はベッドに寝転んで、「ん？」と声を上げてしまった。

違和感に体を起こしベッドの上を見れば、見覚えのないものが。手に取って広げると、それは白衣と緋袴《ひばかま》だった。

「あの、楓さん？」

部屋から出て楓に声をかけると、楓は「あら♪」と両手を叩《たた》いて笑顔で世莉を迎えた。

「上手に着てるわね、あとで着付けの手伝いに行こうかと思ってたのよ？」

そんな言葉に思わず苦笑いだ。心は女とはいえ、楓は男。着付けてもらうには戸惑いもある。それに――。

「えと、一応神社の子なので」

「あ、そうだったわね！　いやん、あたしったらすっかり忘れてたわ！」

喋《しゃべ》らなければ、動かなければ雑誌の表紙でも飾れそうなほどイケメン和服男子なのに、その姿でテヘペロされると残念な生き物になってしまう。

「とりあえず、お宮のお掃除してその後ちょーっと心のお勉強しましょ？」

「心……？」

聞き返す世莉に楓はニコリと笑って、「さ、お掃除お掃除」と世莉の背中を押した。言われるまま歩いて、それから屋敷神の小さなお宮を掃除し始めた。

「ねぇ、お稲荷《いなり》さんになんで油揚げをお供えするか知ってる？」

「え？　えと、キツネが好きだから、ですよね？」

素直にそう答えると、楓は「ハズレ」と笑った。

「狐は肉食よ？　油揚げなんて食べないわよ」

言われてみれば、動物園に行っても狐が油揚げを食べてるなんて聞いたことがない。

「でも、昔からお稲荷さんへのお供えは油揚げって言いますよね？」

「ふふ、稲荷っていうのはね、豊作の神様なの。もとを辿《たど》れば稲なんかの食物を司《つかさど》る御饌津神《みけつかみ》のこと。そしてこの御饌津神が三狐神《みけつかみ》って字を当てられて、狐が神の使いになったの」

なるほど、と思いながらも世莉は思い出して「あれ？」と声を上げた。

「でもお稲荷さんは宇迦之御魂神《うかのみたまのかみ》って神様だって……」

「ふふ、よく覚えてたわね。そう、御饌津神は宇迦之御魂神の別名ね。また仏教の茶枳尼天《だきにてん》でもあるの。もともとこの茶枳尼天がジャッカルに乗ってたのだけど、日本に来てそれが狐に変わって、狐が神の使いになったとも言われてるわ」

「………………」

これはもしかしてすでにお勉強の時間なんだろうか？　と悩む世莉に楓は「やーねぇ」と世莉の肩を叩いた。

「試験には出ないから覚えなくてもいいわよ」

心を見透かされて、世莉はホッとしながらも苦笑いだ。

「あ、でもそれなら狐に油揚げってどこからそうなったんでしょうね？」

狐が神の使いになったのは理解できたけど、どうしてお供えものは油揚げなのか？

「神の使いが狐で、その狐の好物がネズミ。最初はその狐にネズミの天ぷらをお供えしてたのだけど、仏教の荼枳尼天《だきにてん》まで混在してくると、殺生はだめだってなってね。それから大豆を揚げた油揚げがお供えに替わったの」

「仏教とごちゃまぜなんて、結構いいかげんですよね」

ネズミの天ぷらなんて想像もしたくないから、小さなお宮に供えられた油揚げを見てそう言えば楓は「ふふ」と笑った。

「神仏分離されたのは明治になってからよ、それまではずっとごちゃまぜ。神も仏もそれを信仰するものにとってはどっちでもいいのよ」

それはそうかもしれない。人間、困ったときのみ神様仏様に縋《すが》ってしまうのだから。

「なんでこんなことを言ったかと言うとね」

そう言いながら立ち上がって、楓はスイっと人差し指で宙を切った。するとバサ……と羽音が聞こえ、いきなり彼の指の上に小鳥が羽を休めた。

その小鳥は灰色で、小さな冠を頭に載せたヒヨドリ。

「神は人が作ったってことよ」

「え？　あ、その鳥……」

驚く世莉に楓はニコリと笑う。

「日本の八百万《やおよろず》の神は酷《ひど》く人間臭いの。力はあってもやることは稚拙で利己的」

確かに、と世莉も思った。那智から聞いた話でも、親が子を殺しそこからまた神が生まれるなんて、醜くなった妻を置いて逃げる夫の行動も神からは程遠い。

「キリストとは雲泥の差よねぇ。神に奉られた菅原《すがわら》公だってなりたくて怨霊になったわけじゃない、周りにそう噂されて怨霊《おんりょう》になってしまったのね。結局ね、神様はそれを信仰するものの心一つで、鬼にも蛇にもなるってことなんじゃないかしら？」

そんな楓の説明に、世莉はそうかもしれないと納得した。でもそうなると……。

「あの、なら学校で見た鬼も、もしかしたら――」

鬼では無いのかもしれない。皆が恐れ想像して出来上がったのがあの形なんだろうか？

「どうかしらね？　妖怪《ようかい》の類《たぐい》も想像の産物と言ってしまえばそれまでだけど、彼らは生まれてしまった。その存在を否定することは、この世界の成り立ちを否定することになるかもしれない。神も仏も、妖怪もいない世界、それはとても味気ないと思わない？」

そう言われても世莉には「よく、分からないです」としか答えられなくて、そんな世莉に楓は「今はそれでいいわ」と頭をポンと撫でた。

「さ、掃除が終わったら早速修行よん♪」

その声に世莉は小さく「はい」と答えた。

掃除が終わり連れて行かれたのは、歩いてすぐ近くの『柳川流《やながわ》』という看板が掲げられた場所だった。

「楓さん？　ここ……」

「あら、センセー！　お久しぶりですぅ♪」

楓がそう言って駆け寄って行ったのは、着物を素敵に着こなした女性だった。

「楓ちゃん、ほんま久しぶりやなぁ。その大島《おおしま》、よう似合《にお》うてるわ。でも楓ちゃんにはちょっと地味すぎへん？」

「でしょう？　あたしとしてはお振り袖着たいのだけど」

「そっちも似合うやろなぁ」

こんな会話に世莉は固まったまま、何も言えず立ち尽くしていると、「あら、可愛らしいなぁ」と向こうから声をかけてきた。

「でしょう？　今日からちょっとの間この子がお世話になります」

ほらと背中を突かれて世莉は、はっとして慌てて頭を下げた。

「久遠《くおん》世莉です！　よろしくお願いします！」

慌てる世莉に彼女は「ええよ、ええよ」と上品に笑う。

「そんな畏《かしこ》まらんといて。うちは柳川千里《せんり》、ここで踊りの先生やらしてもろうてます」

「踊り……？」

ゆっくり頭を上げながらそう聞き直すと、楓は「そうなの」と上機嫌で返した。

「あたしの踊りのお師匠さん♪」

うふっと笑う楓になんと返せばいいのか。

「そない不審がらんでも。楓ちゃん、結構上手なんやで？」

そんな世莉を見て、千里は口元を押さえて上品に笑う。

「うちはこの場所を提供するだけ。気ぃ済むまで使《つこ》うたらええよ。ほら、先客はもう来てはるし」

その声に誘われるまま視線を動かせば、じっと座る神威が居た。

「ここはね、古武術の道場でもあるの」

言われて周りを見れば、壁には刀のようなものがかけられている。そして、神威の横にもそれはあった。

「そやったら、戸締まりだけはよろしくな？　楓ちゃん」

それだけ言うと、千里は道場から出ていってしまった。

「さ、世莉ちゃんも修行よ、修行！」

「は、はい！」

とはいえ、修行って？　とドキドキする世莉に楓は座るように言った。

「目を瞑《つぶ》って頭の中を空っぽにするの」

「はぁ……」

それが修行？　と思いながら言われたとおりに目を瞑る。

修行と言えば滝に打たれたり、山野を駆け回ったりするのを想像していたのに。

「何も考えないって言ったでしょう？」

「あ、はい」

そうだった、とは思うのだけれど、何も考えない、というのは思いのほか難しい。

小さな音がすれば、それはなんなのか想像してしまうし、そういえば神威は何をしているんだろう？　とか、今、楓はどこに立っているんだろうとか……。

「だめ、もっと集中して。何も考えないの。そうね、空気にでもなった気持ちになるの」

そう言われても、なかなかできるものでは無い。

「ゆっくり呼吸して、自分の中を見つめるの。それだけでいいから」

「………」

言われるまま、やってみるのだけれどそれが正しいのかも分からないし、これが一体なんの役に立つのだろう？　もっと那智や神威のように、式が使えたり呪文を唱えられたりした方が、役に立つんじゃないだろうか？

そんなことを考えるのも最初だけ。目を閉じて光もなく音だって微《かす》かにしか聞こえない空間では時間の感覚まで曖昧《あいまい》になっていく。長い時間こうしているような、そうでもないような……。すると、今度は自分が何をしているのかも分からなくなってきた。

座ってた？　もしかしてこれは夢なんだろうか？　いや、そんなことを考えちゃだめだ。もっと奥深く自分の中に、何も考えずに頭の中は空っぽにしなきゃ……。体が浮遊しているような気がする。まるで水の中にでもいるみたいだ。

そう感じると、真っ暗で無音の世界に小さな音が聞こえて、世莉はそれに耳を傾けた。

床と何かが擦れるような音。それは小さすぎてよく分からないけれど、歩いているようにも聞こえる。でも、人のリズムではない。なら、猫か犬？　そういえば爪を引っかくような音も……。もっと近くに来てくれたら――。

「阿呆《あほう》がっ！」

抜刀する小さな金属音とともに聞こえる声に、ハッとして目を開けると、そこには神威が刀を振り上げていた。

「え？」

ヒュッ……、と振り下ろされる日本刀は輝いて、光の線で空間を切り裂いた。

瞬間、「ぎゃっ」と小さな声に世莉はまた「え？」と声を上げる。

神威は振り下ろした刀を持ちかえ、今度は右下から左上に刃を切り返し何かを切った。けれど、切られるようなものはなく何も床には落ちていない。でも確かに何かを切ったことだけは、世莉にも理解できた。

すっと鞘《さや》に戻される刀の音に世莉が神威を見上げれば、彼は不機嫌極まりない顔で世莉を見下ろした。

「ナニ呼んでんだ、阿呆が」

「え？　呼ぶ？」

またもや『阿呆』呼ばわりされたことよりも、『ナニ』を呼んだのか。そもそも呼んだ覚えなんてないのだけど……。

「お前が呼んだんだろう？　俺にも聞こえた」

「や、呼んでなんて……」

ない、のだけど確かに聞こえてくる音を確かめたくて、もっと近くに来てくれたら、と望んだこと思い出して「あ」と零《こぼ》した。

「お前に呼ばれたら、小者は否応《いやおう》なしに引き寄せられるのが分かんねぇのか？」

「そ、そんなっ、なにか居るのは分かったけど、音が小さくて分かんないからっ」

「もっと近くにと望んだか。阿呆が」

「………」

その通りだが、何度も『阿呆』呼ばわりされたら、いくら世莉でもムッとしてしまう。

「あらあら、痴話喧嘩《げんか》なんていつの間にそんな仲良くなったの？」

二人の間に入ってきたのは、どこに行ってたのか戻ってきた楓だ。

「違う！　それよりどこ行ってた！　ちゃんとコイツの面倒みてろ！　コイツが悪鬼ホイホイなのは分かってんだろ⁉」

ん？　と首を傾げるのは世莉だけで、楓は神威が怒ってもニコニコと笑っている。

「大丈夫よ、神威ちゃんがいるんだから」

「だからなんで俺がっ」

「あ、あのっ、『悪鬼ホイホイ』って……？」

スルーされそうな単語を繰り返すと、神威は「あぁ？」と不機嫌な声を上げ、楓は「あら？　気づいてないの？」と答えた。

「気づいてって……」

「そうねぇ、今まで『見えざる者』が守ってたし、ハバキリの欠片《かけら》もあればそうそう寄ってこないわよねぇ」

「阿呆なお前が呼ばない限りな」

「むぅ……」と、頬をふくらませる世莉に、楓は「まぁその通りだけど」と、世莉の前にストンと座った。

「でもね、世莉ちゃんが『来るな』と言えば、力の弱い小者は来ないってことよ」

「え？」

「呼んで来てしまうのは世莉ちゃんに力があるから。悪霊でも人間でも、力のある者に集まるの。だから世莉ちゃんはその力をコントロールしないとね」

「…………」

自分にそんな力があるなんて信じられない。けれど、それで誰かの役に立てるなら、誰かに迷惑をかけなくて済むなら――。

「っつか、封印した方が早いだろ？　鞘だって取り出そうと思えば」

「神威ちゃん、世莉ちゃんの中に鞘が入ったのならそれには意味があるの」

楓の言葉に、神威は唇を歪《ゆが》めフイッと顔を背けた。

「ま、今日はこれくらいにしましょう。最後はあれだったけどちゃんと出来てたわよ？」

ポンと頭をなでる楓に呆《あき》れながらも、神威も刀を片付ける。

「あの、あれって本物、なんですよね？」

世莉が『あれ』と言ったのは、神威の持っている日本刀だ。その質問に楓は当然のように「そうよ？」と答えた。

「神威ちゃんはこう見えて居合術の錬士なの」

「錬士？」と聞き返せば、「師範の一歩手前」と返ってきて、世莉は感嘆の声を上げた。

「だから、凄《すご》く怖かったんですかね？」

「怖い？」と今度は楓が聞き返す。

「はい、なんか刀が光って見えたって言うか、神々しいって言うのかな？　近寄りがたくて、近づいたら切られちゃうって言うか……」

　まるで映画のワンシーンを、スローモーションで見ている気分だった。

「そうね、神威ちゃんの動きには無駄がないからそう見えるかもね」

　その時の状況を思い出して、世莉は「あれ？」と零してしまった。

「どうかしたの？」

「あ、いえ、あの時――、鈴、鳴らなかったんです」

　あの時とは　神威が何かを切った時のことだ。そして鈴とはお守りの鈴。それを取り出して楓に見せた。

「あぁ、ハバキリの欠片が近くにあったら鳴るんだっけ？」

「それもなんですけど、私に危険なことが起きそうな時も鳴るのに」

　何かが近付いてきても、鳴らなかった。

「――それって、もしかして近付いてきた何かは悪いものじゃなかったとか!?」

　思い出したのは、旧校舎の図書室で見た仔犬《こいぬ》の悪霊。でもあの仔犬も人間に怯《おび》え、悪霊になったもので最後はキラキラとしたものになって天に還《かえ》っていった。

「そうかもしれないわね」

「それじゃ切らなくってもっ」

「世莉ちゃん、霊とか魂とか、そう言った不安定なものは変わりやすいの。環境が変えることもあれば、生きてる人間の思いに引きずられることもある。神威ちゃんはその何かを、この現世《うつしよ》との繋《つな》がりを断ち切るために切ったの。それは間違いじゃないわ」

ぽんと楓が世莉の肩を叩《たた》いて、ニコリと笑う。

「世莉ちゃん、神威ちゃんを信じてあげて」

その言葉にどんな意味があるのか分からない、けれど世莉には「……はい」という選択肢しかなかった。

「あれ？　そういえばなんで私だけ？」

そう世莉は言って自分の姿を見下ろした。勿論《もちろん》巫女《みこ》姿なのだが、直前を歩く神威はまだ制服姿だ。

「あらん、どうせ修行ならそれっぽい方がよくない？」

「…………」

そんな言葉に項垂《うなだ》れながら、明日《あした》からは着替えるのやめようと心に決めた世莉だった。

10. 鬼が出るか、蛇が出るか。

翌日も迷子にならずに学校までたどり着けたのは、神威《かむい》のおかげかもしれない。

「くれぐれも余計なことするなよ？　あと、見たらすぐ呼べ」

「……分かってるし。そっちこそ、ちゃんと仕事してよね」

不機嫌な世莉《せり》の返しに、神威は「はっ！」と一笑に付した。

「俺の前に現れたら切ってやるよ」

「そっ、それは――」

「じゃあな」と背を向けられて、世莉は言いたいことを言えず大きくため息を落とした。

あの鬼は、悪い鬼なんだろうか？

そんな考えが世莉の頭を過《よぎ》る。鬼を見たとき、確かに鈴は鳴った。けれどあの仔犬のときも鳴ったのだから、必ずしもそれが悪霊の類《たぐい》とは限らないことも知ってしまった。

「鬼って、何なんだろう……？」

そうつぶやいて、世莉も教室に向かった。

「転校生、クラスに馴染《なじ》んでるみたいですね。向井《むかい》先生」

聞こえてくる声に世莉は足を止めた。そっと覗《のぞ》けば、隣のクラスの教員と向井が廊下の隅で話していた。

「そ、そうですか……？」

「同じクラスの子とお昼も一緒みたいやったし。これをきっかけに我々に対してもなんか変化があったらええんやけど」

いけないと思いつつも、二人の会話に世莉は聞き耳を立てた。

「それは――、すみません。そうですよね、私の方からも生徒たちに声をかけてみます」

「なんにしても向井先生とこ、大変やったからこの調子でいったらええですね」

その言葉に向井が頭を下げてこちらに向かってきたから、世莉も慌ててその場を離れた。

期待、されているんだろうか？

さっきの会話からすれば、そうなんだろう。誰だってこの現状がいいなんて思っていないはずだ。けれど、何をどうすればいいかなんて――。

「私だって、分かんないよ……」

この問題は鬼がいるとかいないとか、それ以前の問題だ。クラスを仕切っているのが木《き》村《むら》だとしても、止める方法なんて思いつかない。授業をボイコットすることに意味がないと思っている前田《まえだ》にしても、逆らう気はないのだから。

でも、それはみんな本当に『鬼』が怖くて従っているんだろうか？　それならもしかして、その『鬼』を滅することが出来たら、このクラスは普通に戻るんだろうか？

仮にそうだとしても、鬼の退治方法なんて知らない。神威なら文字通り、切るなり煮るなりできるのだろうけど。

「おはよ」

席につくと前田にそう言われ、世莉も「おはよう」と返す。

彼女なら、賛同してくれるだろうか？　と考えて軽く頭を振る。

彼女を巻き込むわけにはいかない。もしもこの事件に鬼が関係していなければ、世莉は帰ってしまうのだから、無責任すぎる。そう考えていると、そっと教室のドアが開いた。

「……お、おはよう、みんな」

担任だというのに、おどおどしながら教室に入ってくる向井。だからといって誰も気にすることなく、教室はざわついたままだ。

「しゅ、出席取るね？　井川《いがわ》くん……、は、居るね……、えと……」

当然のように誰も返事をしない中で、出席が取られていく。

「え……、久遠《くおん》さん……、も居る」

「――はい」

世莉の声に「ちょっ！」と最初に反応したのは、後ろの席の前田だ。それからワンテンポ遅れて、向井も「え？」と顔を上げると、教室の空気も変にざわついた。

世莉はといえば、心臓はバクバクで今にも破裂しそうな勢いだ。それを顔には出さないようにして、クラス中の視線を集めながら向井のいる前を向いていた。

「――あ、うん。えと次は小山《こやま》さん」

呼んでもやはり返事はないから、向井は前と同じように「……居るね」と自分で確認して出席を付けた。

「なにしてんの？」

向井が居なくなるなり、そう言って世莉の前に立ったのは木村だ。

「……なんのこと？」

心臓はバクバク、手には尋常じゃない汗。それでも震えずにそう答えた自分を褒めてあげたい。

「あいつらなんて無視やて、言うたやろ？」

「……呼ばれたら返事をするなんて、条件反射みたいなもんだよ」

ここで世莉が反論するとは、思ってもみなかったのだろう。木村の口が歪み、その顔も醜く歪んでいく。

「なんや、うちらを裏切るんか？」

「……無視して、なんになるの？」

さらに言い返す世莉に木村のこめかみがピクリと反応する。これは完全に嫌われただろう。けれど、ここには友達を作りに来たわけじゃない。このクラスの奇妙な現象を解決するために来たのだ。

「私たちはずっと高校生のままじゃいられない。進学なり働くなりの選択肢を選ぶとき、今のこの現状はダメなんじゃない？」

世莉の言葉に木村以外の生徒たちも動きを止めてしまった。

「別に内申のために先生に媚《こ》びをうれなんて言わないけど、ちゃんとした評価はされたいでしょう？」

心のどこかで誰もがそう思っているのだろう。誰ともなく、近くのクラスメイトの顔を見て、お互いの出方をうかがっているように見える。

そして、ポケットの中にある鈴も鳴らない。神威の言葉を疑っていたわけではないけれど、木村が鬼を使役しているなら、この現状で鳴ってもおかしくない。

「それに木村さんが嫌うのは構わないけど、他人にそれを強要するのも変だと思うよ？」

もしも、ここがずっと通わないといけない学校ならここまで言えなかっただろう。問題が解決すればもとの学校に戻れる。だからこその強気は、卑怯《ひきょう》かもしれないが間違ってはいないはずだ。

「……なら、アンタは敵になるんやね？」

ギリッと奥歯を噛《か》みしめる音まで聞こえる。

「違うよ。別に先生の味方になるとかじゃなくて――」

目の前の木村の顔つきが変わる。まるで別人のような形相は鬼に近いのかもしれない。

「うちは忠告したったのに……。アンタなんて、――に呪われろ」

歪《ゆが》んだ唇から発せられるひと際低い声に、世莉は背中をゾクッとさせられた。

『鬼に、呪われろ』

彼女は鬼を使役はしていないけど、存在を信じてる？　いや、それよりも鬼の呪いをかける術を知ってるとでも言うのだろうか？

一時限目のチャイムが鳴れば、一応先生はやってくる。だからといって、先生も『席に着け』なんてもっともらしい言葉も吐かずに黒板に向かうのだが……。

「き、木村……？」

木村は先生の声にも反応することなく一人出ていき、教室内は静まり返った。すると今まで席に着いていない生徒たちが一人ずつ自分の席に戻っていく。

そんな光景に先生も呆気《あっけ》に取られていたが、数十秒後やっと自分の役割を思い出し授業を始めた。

誰も席を立たない、無駄な私語もない、机の上には教科書とノートが並ぶ、至って普通の授業だが、このクラスではいつぶりなのだろうか？

「あー、ここまでなんか分からんとこないか？　わしに答えられることならなんでも答えるで？」

そして、この状況に一番面食らったのは先生だろう。そんなセリフに生徒の一人が「ぷはっ」と吹き出す。

「センセーやろ？　勉強のことで答えられへんかったら、センセー廃業やん？」

そんな発言にクラス中から笑いが起こった。

「なぁ」

後ろから突かれて振り向くと、イヤホンを外した前田がはにかむように笑ってる。

「なんか、ええな」

「……普通だよ」

これが普通の教室の風景。それを知ってるから前田も「せやな」と答えた。

「でも、わからないところは教えてほしいな。先生より前田さんや奥村《おくむら》くんのほうが教えるの上手だし」

「なんや、それ。結局センセーいらんやん」

「あ、ホントだ」

そう言って二人して笑いあった。

これですべていい方向に向かうはずだ。金八《きんぱち》センセーよろしく、普通の学園ドラマならそうなって然《しか》るべきなのだ。

「うふ、今日はどうだったかしら？」

未《ま》だこのイケメン和服姿に慣れないというか、この姿とは完全にミスマッチなセリフなのだけど、世莉はニコリと笑った。

「もう大丈夫だと思います」

自信たっぷりな返事に楓《かえで》も「あら？」と声を上げ、神威も訝《いぶか》しそうに「……ふーん」と世莉を見た。

「今日はもう普通に授業受けてたし、なによりみんな笑ってたっていうか――」

ここまで口にして止まってしまったのは、自分の言葉に違和感を覚えたから。

「あら、何か引っかかることでも？」

「あ、はい……」

みんなと言ったがみんなではない。たった一人、教室に戻ってこなかった人物が居た。

「役小角《えんのおづぬ》か？」

「……うん、え？　でも彼女は違うんでしょ？」

神威が『役小角』と称したのはもちろん木村のことだ。けれど彼女が怒って出ていっても、世莉の鈴も鳴らなければ鞘《さや》も反応していない。だから安心してあんなことを言ったのだけど――。

「違うが、何かは居る」

「……それって、やっぱり鬼？」

あの時見たものは、『鬼』以外の何者でもないだろう。見間違いだと思いたいのに――。

「さあな。そもそも鬼とひとくくりにしてるが、全てが悪鬼や邪鬼の類《たぐい》でもない」

頭の中に『？』を浮かべる世莉に、楓も「そうねぇ」と相槌《あいづち》を打つ。

「埼玉の嵐山町《らんざんまち》には『鬼鎮《きぢん》神社』って鬼を祀《まつ》る神社もあるし、元々鬼女だった鈴鹿御前《すずかごぜん》も、結婚してからは悪鬼をやっつける側になってハッピーエンドだしねぇ」

そうなんだ、と感心しきりの世莉の隣で「それもだが」と神威が付け加えた。

「もともと『鬼』とは『隠《おぬ》』、つまりはこの世ならざるモノの意味だ。角があるから鬼なら牛でもなれる」

「あら、牛頭馬頭《ごずめず》って鬼もちゃーんと居るわよ？」

そんな茶々入れに神威がギロリと睨《にら》んだところで、楓は「睨んじゃいやーん♪」なんて身をよじるから、神威は怒る気も失《う》せてちいさくため息を落とした。

「そもそも『鬼』という字は、死者の魂を意味している。日本にこの文字が入り『オニ』と結びついたとされているし、そうなるとますます『鬼』の定義は難しいな」

「へぇ」と感嘆の声を上げる世莉に対し、楓は「はい、そこまで」と手を打つ。

「これから修行して、終わったらご飯にしましょ♪　今日はお好み焼きよん！」

そんなわけで、昨日と同じ修行を無事終えると、じゅーっとおいしそうな音とにおいがリビングを占領していた。

「うちのお好み焼きはな、よそとは一味違うで？　なんせとろろ入りやからな。ほら、楓、さっさとひっくり返し！」

「わかってるわよっと！」

目の前で華麗なるヘラ捌《さば》きを見せてご満悦な楓に、紅葉《もみじ》は「まぁまぁやな」と評価し、世莉はキラキラと目を輝かせた。

「きゃあ！　楓さん素敵！」

「でしょう？　お好み焼きを焼かせたらアタシの右に出るものなんていないんだから♪」

「……単に手先が器用なだけだろ？」

そんな神威の言葉など耳に入らないのか、和やかな夕食が繰り広げられる桃木《ももき》家。

「神威ちゃんのにはマヨでハート書いてあげ」

「止めろ」

そう言った瞬間、バチッと何か弾《はじ》ける音がして、そこにいた全員が動きを止めた。

「……来たか」

ボソッと告げる神威の声に少しだけ身構える世莉だが、桃木親子は「あらやだ」とか

「またかい？」といった反応だ。

「古い家やから、ほんま嫌やわ」と言ったのは母親の紅葉で、楓は「ま、壊れやしないわよ。さ、食べましょう！」と無視することを選択した。

「え？　いいんですか？」

この音に聞き覚えがないわけじゃない。出雲《いずも》で神威が仕掛けたときの音にひどく似ているからそう聞けば、楓はニコリと笑った。

「やだ、世莉ちゃんったら。ただの家鳴りよ？」

「家鳴り……？」

「せや、うちは古いだけが取り柄やからなぁ。木造やからたまにこんな音がすんねん。気にせんとき」

親子の言葉に神威を見るが、彼は何も言わず出来上がったお好み焼きを食べている。だから、世莉もそれに倣って「頂きます」と出来立てのお好み焼きを食べることにした。

「はい、今日のお弁当も力作よん♪」

朝は紅葉がまだ起きてこないからなのか、楓らしいフリフリエプロン姿に、なぜかホッとしながら世莉は「ありがとうございます」とお弁当を受け取る。

「……ハートとか書いてねぇだろうな？」

受け取りながらそう聞く神威にも、「照れちゃって♪」と楓はお弁当を渡した。

「今日はお星さまにしたわ」

「……チッ」と舌打ちしながらも受け取る神威に、世莉はクスッと笑って「行ってきます」と家を出た。

「そう言えば、昨日のって本当に家鳴りだったのかな？」

あれから、何も無かったのだからそうかもしれない。そう思って口にしたのに、神威の口から出たのは「阿呆《あほう》か？」なんて言葉だから、ムッとしてしまう。

「でも楓さんがっ」

「楓の結界に何かが突っ込んだんだろ？」

「え？」と驚く世莉に、神威は呆《あき》れるように息を吐いた。

「じゃなかったら悪霊ホイホイのお前が居て、何も起きんなんて有り得ん」

「…………」

反論するには材料がなさすぎて、世莉はぐっとこらえた。

「ま、ハバキリの欠片《かけら》持ってて、さらにはその鞘と同化してるんだから、雑魚《ざこ》は相手にならんが、それにしてもあの家は心地良いだろう？」

言われてみれば、と今までを思い返してみる。あのアットホームさは楓と紅葉が醸し出しているのかと思ったのだけど、どうやらそれだけではないらしい。

「って、なら突っ込んだのは雑魚じゃないってこと？」

そう反応する世莉に神威は「よく気付いたな」と口の端を上げた。

「それでもあれしきの結界を破れん程度だからな、雑魚に毛が生えたようなもんだ」

「…………」

それがどのくらいの力なのかは、世莉には測りようもない、けれど――。

「楓さん、大丈夫かな？」

そんな心配をする世莉に、神威はやっぱり呆れるようにため息を吐いた。

「阿呆か。心配されなきゃならんのはお前だ」

「え？」

「突っ込んできた目的は、お前だよ」

「――!?」

「真っ直ぐにお前目掛けてたからな。ま、せいぜい気をつけろよ？」

「え？　ちょっ、待ってよ！」

何をどうやって、気をつければいいんだろうか？　それを教える神威でもなく、スタスタと自分の教室に向かう彼の背中を、世莉は恨めしそうに見送った。

なんの解決策もなく教室に向かう。

「おはよ、久遠さん」と前田に声をかけられ、世莉も「おはよ」と返す。教室は昨日と変わらない。

そう思った矢先、教室内の空気が歪《ゆが》んだ。

「さ、早紀《さき》!?」

「どないしたん？　そのケガ！」

教室に入ってきた木村の右目には眼帯、そして脚にまで包帯が巻かれていた。

「……なんでもない、階段から落ちただけや」

「うわ、痛そう」

「触らんといて」

パシッと伸ばされる手を弾けば、その相手はビクッと体を震わせた。

「あんたらのせいや。うちの言うこと聞かんから」

低い静かな声は、教室に響く。

「次はあんたらやで」

薄く笑う木村に、そこにいた誰もが背中に冷たいものを感じ凍り付いた。

「お、おはよ……、今日は静かなんだね？」

そしてそっと教室に入ってきた向井に、誰もが金縛りから解かれたように動き始めた。

「それじゃ、出席とるね……？」

その声に席に着くものもいれば、立ったまま無視しているものもいる。

「井川くん……、居るね」

そして、また誰も返事をしない。無視をしている、というよりどう反応していいのか分からないという感じだ。

「えと……、久遠さんは——」

「はい」

けど、その中で世莉はやはり返事をした。瞬間ざわつく教室だけど、世莉は気づかないふりをして、前を向いていた。

けれどそれに続く人はおらず、向井の呼ぶ声に答えるものはいない。

「次は、前田さん……、居る」

「はーい」

はずだったから、その声には世莉も反応して振り返ってしまった。

「なんや、タイミング変やった？」

照れくさそうに笑う前田に、世莉は「ちょっとね」と言って笑った。

こちらを睨む木村が見えたが、世莉の鈴は鳴らない。ということは、やはり彼女と鬼とは関係ない。

それよりも、あのケガだ。本当に階段から落ちただけなんだろうか？

それとも誰かが——。と考えてみるが、鬼は彼女の味方のはずだ。

『次は――』

なら、あのセリフは？

「なにぼーっとしてるん？」

「え？」と顔を上げると、荷物を持って立ってる前田が見下ろしてた。

「次は化学やから移動や。どうせ場所知らんやろ？」

「あ、うん。ありがと」と世莉も慌てて立ち上がった。

一度見てから、あの鬼の姿は見ていない。鈴も鳴らないし、身体の中にあるだろう鞘《さや》も、木村に一度反応しただけであれから何も無い。

けれど、昨日の夜に起きた『家鳴り』は、世莉を目指していたという。一体誰が……？

「え？　きゃあ！」

「――え？」

聞こえる悲鳴に顔を向ける。けれど、横を向くまでもなく、前のめりになって階段を落ちそうになる前田が見えた。ほとんど条件反射で手を伸ばしたが、その手は彼女の制服をほんの少しかすっただけ。落ちていく光景は、まるでスローモーションのようだった。

――ダンッ！

「まっ、前田さん!?」

「――いったぁ！」

5段ほど落ちただろうか？　世莉が駆け寄ると、彼女は自力で起き上がり、打った膝《ひざ》を撫《な》でた。

「だっ、大丈夫!?」と声をかける世莉に、前田は照れくさそうに「見ての通りや」と、笑って見せる。その姿にホッと息をつくと、二人のそばに立ち止まる靴があった。

「あれま、階段から落ちたんか」

木村の声に二人が顔を上げると、彼女はニヤリと笑う。

「気ぃつけなあかんで？」

そう言うと、彼女はそのまま歩いていってしまった。

もしかして――？　と浮かぶ考えに世莉はフルフルと首を振る。木村は世莉達より先を歩いていた。彼女が前田の背中を押すなんてあり得ない。

そう思いながら、さっき降りた階段を見上げるが、そこには誰もいない。

「木村やないよ……」

ぼそっと呟《つぶや》く前田に、世莉も小さく「うん」と頷《うなず》く。

「でも、押された気ぃしたんやけど……」

「え？」と聞き返す世莉に、前田は「いや、気のせいやな」と小さく頭を振った。

授業は、いつも通り誰も先生の話は聞かない。イヤホンをして机に伏せたりする者が殆《ほとん》どで、楽しそうに話をしてるのは木村達だけ。いや、厳密には木村だけかもしれない。

その取り巻き達の表情も、気持ち引きつっているように見えた。

本当に気のせい、なんだろうか？　それにしてはタイミングが……。そう思いながら木村を見るけれど、別段何も感じない。

もしかしたら、気が付かない間に身体の中の鞘はなくなったんだろうか？　いや、それなら神威が気付きそうなものだ。それに、とポケットを探れば、鈴もちゃんとある。

「阿呆か。それはお前に危害を与えようとしたら反応してんだよ。周りまで反応してたら、一日中鳴りっぱなしだ」

「…………」

気になって休憩時間に聞きに行くと、またもや阿呆呼ばわりされて、世莉はムッと唇を突き出した。

「でも、すっごく近くなら反応したって――」

「力は常に一定じゃない。感知する能力も、発する力もな」

ましてや修行もまともにやっていないお前にはムリ、とダメ出しされて反論の余地もない。

「ま、ターゲットを変えた可能性はあるな」

「え？」

「お前に危害を与えることが出来ないのは、昨日ので分かっただろうし」

それは昨夜の家鳴りの話で――。

「……あっ！　そういえば、木村さんが階段から落ちて怪我したって――」

はたと思い出してそのことを言うと、神威は「ふーん」と僅《わず》かに口の端を上げた。

「呪詛《じゅそ》返しを受けたか」

「えっ？　ま、待って！　だって神威は彼女じゃないって！」

言ったはずだ。もしかして、見間違い!?　勿論《もちろん》、神威も人間なのだから間違えることはあるだろう。だけど、あんなに自信たっぷりに言っていたのに――。

「呪詛をかけたやつも、失敗すればそれが返ってくることくらい知ってるだろう。それを受け流すなり、身代わりを立てるなりするのが普通だ」

「身代わり……、って、なら木村さんはっ」

「とんだとばっちりだったかもな」

「――っ」

驚く世莉に、さっきまで薄く笑みを浮かべていた神威の額にもシワが寄る。

「言っとくが、また助けようとか思うなよ？」

「どうして!?　身代わりなんて、教えてあげないと！」

「阿呆。自ら進んでやってることに同情するな。そもそもお前には何も出来ないし、このことを教えても信じないと思うけど？」

「そうかもだけどっ」

「いいから、余計なことはするなよ？」

そう言うと神威は教室に戻ってしまった。

「……何も出来ないから」

神威に相談したのに。心の中で『馬鹿』とつぶやいて、世莉も自分の教室に向かって足を動かした。

「いやー、何が起きたんか、向こうから挨拶《あいさつ》までしよる。ええことですわ」

一人で歩いているとこんな声が聞こえてきて、世莉は足を止めた。

「そ、そうですか？」

「今日はまた授業聞かんかったりやけど、前より静かやしな。完全にってわけやないけど、大丈夫なんちゃうか？」

「ホンマな、転校生一人でこうも変わるもんかいな」

二人の教員が、向井と話していたのだ。

「本当に。今朝の出席でも答えてくれる子がいて……」

俯《うつむ》きながらも嬉《うれ》しい報告に、話している教員二人も「うんうん」とうなずいている。

「このまま、いい方向に行くようサポートしていきましょ」

「そやな」と、解散になりそうな気配に世莉は壁に隠れた。

先生たちも、生徒の変化を感じている。誰だってこのままでいいなんて思っていないはずなんだから——。

「久遠さん？」

名前を呼ばれて、目の前の向井に驚いて「わぁ」と声を上げると、向井も「あ」と周りを見回して、「こっち」と、更に陰へ世莉を呼んだ。

「久遠さん、大丈夫？」

「え？　えと、何がですか？」と聞き返せば、向井は困ったように一度、目を伏せてまた口を動かした。

「私に返事なんてして……、クラスの子たちから無視とかいじめとか受けてない？　無理はしなくていいのよ？　私はもう慣れっこだし、久遠さんは自分のことを大切に——」

「先生」

必死に話す向井に、世莉は笑って見せた。

「みんなも変わりたいんだと思います。そのきっかけが私ならそれでいいんだと思うし、いじめも無視もされてないんで安心してください」

そう言ったのに、それでも向井は心配そうに「そう……、でも無理はしないでね？」と言って、別れた。その際も誰にも見られないように、あたりを見回してからそそくさと居なくなる彼女に世莉はくすりと笑ってしまった。

いい方向には進んでいる。けれど授業は相変わらずで、木村の態度も変わらない。

どうすればいいんだろう？　『呪詛返し』の身代わりにされてる、なんて木村に伝えても神威の言うとおり信じてはくれないだろう。いや、木村だけでなく一般的に無理だ。

「そうねえ、お互い腹を割って話すのが一番だけど、それもなかなか難しいわよねぇ」

とうとう楓にまで相談したが、やはり解決策はないらしい。

「そもそもそれを解決するのが仕事じゃないだろうが、阿呆《あほう》」

そして、またもや神威が阿呆呼ばわりだ。

「でも他に手がかりもないじゃない？　だったら一石二鳥でっ」

「二鳥もいらん。欠片《かけら》がない時点で俺は帰りたいくらいだ」

確かに二鳥もいらないし、ここには欠片もないから鬼の問題を解決したって、得るものは何もない。

「というか、捕まらないの？　神威ちゃん」

そんな楓の質問に、神威は苦々しい顔で答えた。

「……気配はあるが、居場所が突き止められん。追っていくと必ず消えるんだよ」

「ふーん、世莉ちゃんは？　なにか感じない？」

そう言われてもさっぱりで、首を振ると「だろうな」となぜか神威が答える。

「今、お前の力がかなり落ちてる。この3日前くらいからだ。もしかしてお前、せいっ」

神威の言葉が途中で途切れたのは、世莉が手にしていた筆箱が神威の額にジャストミートしたから。

「ばっ、馬鹿なんじゃない⁉　何言ってるの⁉　ってか、なんでそんなこと分かるのよ！　変質者！　変態！　スケベ！　ありえない！」

「はぁ⁉　一緒に居たら知りたくなくても分かるんだよ！　ざけんなっ、誰が好き好んでこんな情報知りたいか！　自惚《うぬぼ》れんなっ！」

「み、見たの⁉　やっぱり変態じゃない！」

「見てねぇ！　っつか、何を見んだよ！　阿呆がっ！」

言い合う二人を見ながら、楓は静かにお茶をすする。

「うんうん、仲いいわねぇ。そっかぁ、世莉ちゃんは女の子の日は力が落ちるのねぇ」

「いっ、言わないで――っ‼」

今夜は家鳴りではなく、世莉の声が響き渡った。


翌日、世莉が教室に入ると空気が昨日と違っていた。

「おはよー、疫病神さん」

そう声をかけてきたのは木村で、世莉にはその意味が分からず室内を見回した。

「え？　そのケガ――」

教室の後ろ、そこには腕に包帯を巻いて吊《つ》るしている男子生徒の姿があった。彼は、以前授業で『センセー廃業やん？』とクラスの空気を変えてくれた子だった。

「ホンマ、アンタが来てからうちのクラスは碌《ろく》なこと無いなぁ。アンタが鬼ちゃうの？」

「そっ、そんなわけっ」

ない、と言おうとした世莉に教室中の視線が集まって、世莉は言葉を飲み込んだ。

「昨日は前田さんで、今日は田島《たじま》。あぁ、前田さんが落ちたときアンタ隣にいてたな？」

「ちっ、違っ」

「うちのは関係ない」

ガタッと立ち上がり、前田が会話に割り込んだ。

「うちが勝手に足を滑らせただけや。木村、変な事言わんとき。鬼やなんて、頭変やと思われるで？」

そう言われ、木村は前田を睨《にら》んだ。

「……そう言えば、前田だけケガせえへんかったな。アンタもグルか？」

「阿呆ちゃうの？　寝言は寝て言い。田島も黙ってへんとなんか言うたら？　アンタも鬼にヤられたとか言うつもりか？」

そう話を振られ、田島と呼ばれた男子生徒は「うっ」と声を詰まらせた。

「……別に、自転車で転《こ》けただけやし」

小さな声でそう言うと、前田も「せやろな？」と相槌《あいづち》を打って木村を見た。けれど、彼女は悔しそうな顔ではなく、薄く笑みを浮かべ田島に近寄った。

「ふーん、一人でか？　ナニかに突き飛ばされたんちゃうんか？」

木村の質問に田島が一瞬、体を強張《こわば》らせるから、彼女は薄く笑みを浮かべて、さらに距離を詰めた。

「なぁ、田島君。そのナニかは、なんやった……？」

「――っ」

木村の言葉に怯《おび》える田島。その姿にクラスの誰もが注目し、彼の声を待った。

「……なにって、いや、そんなはずっ、あれは風で、そうや！　いきなり強い風が吹いてっ――」

ガラッと開くドアに、あるものは体を震わせ、あるものは「ひっ」と悲鳴を上げた。

「え？　あ、あのっ……、ど、とうかした？　みんな……？」

生徒の態度に驚いて聞けば木村が大きく舌打ちをして、今度は向井のほうが身を縮める。

「なんもない。皆で話し合いや、早よ出てってくれへん？」

キツイ口調でそう言われて、向井は「あ、うん、ごめんね」と小さな声でそう言うと、いつものように出席を取り始めた。

もちろん誰も返事はしない。けれど、いつものように雑音だらけではなく、教室内は静まり返っていた。

「く、久遠さん……」

「…………」

呼ぶ声に、世莉の口は動くのだけど声が出ない。

「居るね、次は——」

結局、今朝の出席で返事をする者は誰も居なかった。

「あははっ、結局うちらの仲間に入りたいんか？」

出席を取り終わると同時に、木村のたからかな笑い声が響く。

「そんなんじゃ……」

ギュッと握られた手が、スカートにシワを残す。

「ええで？　仲間にしたっても、なぁ？」

誰に同意を求めているのか、木村の声に答える者も居ないが、反論する者も居ない。

「きっ、木村さんっ、あのっ、久遠さんは転校したばかりだし」

「うっさいわ！　早よ出ていきっ！　空気が穢《けが》れるわっ！」

向井はバンっとノートを投げつけられ、よろけて床に座ると木村の顔が歪《ゆが》んでいった。

「消しゴムで消したら、綺麗《きれい》になるかな？」

そう言って、机の上の消しゴムを向井に投げつけた。

「皆も投げ？　そうすれば今までのこと、全部無かった事になるかもで？」

その声に、皆が皆の顔色をうかがい始める。そして――。

「ひっ」

一つ、消しゴムが投げられると、続いていくつもの消しゴムが向井目掛けて飛び始めた。

「なっ⁉　やめっ」

「アンタが止めとき」

止めようとする世莉を制したのは、後ろの席の前田だった。

「黙っといた方がええ」

「でもっ」

「なんも出来んかったやん」

「――っ」

その言葉に、世莉は反論出来ず、逃げるように向井が教室を出ていくまで、消しゴムの雨は降り止まなかった。

「あははっ！　これでええ、うちらにセンセーなんて必要ない。これで喜んでくれはるわ」

誰が？　と、クラスの誰もが思ったが、怖くて誰もそれを木村に問うことは出来なかった。

それからも、学級崩壊さながらの景色だったが、世莉に出来ることなんて何もない。

「しっ、静かにしろっ！」と、先生らしいセリフを吐く教員も居たが、木村を筆頭にまたも消しゴムや鉛筆、シャーペンまで投げるようになり、どの教員も10分と教室に留《とど》まることはなかった。

「………」

どうしよう？　と思ってもいい考えなんて浮かばない。

「気にせんでええ、元に戻っただけや」

そんな世莉の心情を察してか、そう声をかける前田に、世莉は小さく溜息《ためいき》を落とした。

結局、クラスは変わらない、鬼の正体も分からない。なんのためにここに――。

「ええ加減にせえや」

その低い声に、教室の時間が止まったかのように静寂が落とされた。

「もうウンザリや。こんなことして満足か？　鬼やらなんやら、みんな子供じみとる。久遠の転校で変わるかと思ったのに……」

そう訴えたのは、世莉に英語を教えてくれた奥村だった。

その言葉にざわりと、空気が揺れるのを世莉は感じた。

「……なんや、奥村君はうちらの敵になりたいんか？」

低い木村の声に、また空気がざわめく。その中で「奥村……」と小さな前田の声も聞こえたが、奥村はちらりと彼女を見ただけで、またその視線は真っ直ぐに木村を捉《とら》えた。

「お前も、復讐《ふくしゅう》やりたいなら一人でやれ。周りを巻き込むなや。鬼かなんか知らんけどな、そんな子供じみた脅しをいつまで続ける気ぃや」

「脅し……？」

木村はそう言って、ゆっくりと口角を上げていった。

「脅しなんかやない、本当に鬼は居てる。いつでもうちらを見張っとんのや」

その言葉に誰かが「あ」と声を上げた。

「そう言えば、田島君が先生と話したとき、木村さん、いてなかったよね……？」

誰かがそう言えば、木村は「ふふっ……」と笑った。

「なんや、田島。センセーに取り入ろうとして、お仕置き受けたんか？」

「──っ、ちっ、違っ、俺は自転車で」

「鬼や……、鬼が怒ってる。アンタらが言うことを聞かへんから、怒ってんのや」

「その鬼って！」と、カラカラの喉《のど》を震わせて世莉は声を発した。

「……その鬼って木村さんのイトコ、なんだよね？」

質問する世莉に、木村は肯定も否定もしない。

「だったらなんで木村さんにまで危害を加えるの？　信じてくれなかった担任に復讐は終

わったんでしょ？　だったら――」

「知らん」

世莉の声を遮り、木村は静かにそう言った。

「アレが誰かなんて、うちは知らへん。でも、まだ終わってなんかない」

「……え？」

「まだ足りんのやて、アイツが言うんや」

鬼は、やはり木村が使役しているわけではなかった。だったら誰が、なんの為にこんなことをさせているのか。

「お前、アタマ大丈夫か？　一回病院にでも――」

呆《あき》れるようにそう口にする奥村の言葉を遮り、木村の腕がすーっと上がり指先が窓の外を指した。すると、いきなり世莉の頭の中で鈴が警鐘を鳴らし始めた。

「ほら、今も見てはるわ」

ガシャーンッ!!

「きっ、きゃあぁぁぁっ！」

「ななななっ、なんやっ!?」

飛び散ったガラスに、腕や足を切られた生徒の悲鳴が上がる。床に散らばりキラキラと光を乱反射させるガラスの上を、トンッと弾んで転がっていったのは野球ボール。

そう、ガラスを割ったのはボールなのだけれど――。

「いっ、いやぁー！」

「ウソ、やろ……？」

それは、世莉にも見えた。そして教室にいる誰にも見えたようで、悲鳴や喚《わめ》き声が飛び交った。同時に鳴り響く鈴の音に、世莉は両手で耳を塞《ふさ》いだ。

ここは校舎の3階、教室から見えるそれは宙に浮き、筋肉質な身体はどす黒く、そのせいでギョロっとした目が光って見えて異様。その頭部にはコブのように尖《とが》った角があり、誰がどう見ても『鬼』と呼ばれる生き物に見えた。

それは大きく裂けた口を開け、尖った牙《きば》を剥《む》いた。

『ヴガァァァーッ!!』

まるで大型獣のような叫び声に、誰もが怯えて身を縮め、固まってしまった。

ピシッ――。

その音に世莉が顔を上げると、割れていない窓ガラスにヒビが走るのが見えた。さっき一枚割れただけでも、傷を負った生徒がいた。更にすべての窓ガラスが割れたら――。

「だっ、だめ――っ!!」

世莉の叫び声に呼応するように、身体の奥が熱くなるのを感じた。瞬間、時間が止まったかのように空気の震えも止まる。いや、実際止まったのか、誰もが動きを止め、奇妙な静寂が世莉の耳を覆った。

鬼だけは苦しそうにもがいていたが、割れていない窓ガラスを見て世莉は安堵《あんど》した。けれどお腹の中で熱を持った力が膨れ上がっていくのがわかる。息苦しさも感じてそれを逃がそうと、「はっ……」と息を吐くと、ざわりと空気が揺らぎまた時は刻み始めた。

すると先ほどとは違い、窓ガラスは地味に割れ生徒たちの足元に広がった。

その現象に生徒たちは悲鳴を上げたりパニックを起こし叫んだり、ただオロオロとする者も居て、混乱しきりだ。そして、教室の外では鬼が何かの呪縛を振りほどくかのように、筋肉質な両手両足をバッと大きく広げた。

「ひっ！」

「いやぁぁぁっ!!」

生徒の悲鳴の中で、『何かしなくちゃ！』と頭では思うのに、鳴り響く鈴の音に何をすればいいのか分からなくなる。こうも鳴り続けると鈴の音も鬱陶《うっとう》しく感じて——。

「そうだっ！」

世莉がポケットから鈴を取り出すと、ほのかに光っているように見えた。だからきっと大丈夫、そんな気持ちで「やっ！」と、それを鬼に向かって投げつけた。

『ギ？　ギャァァォ!!』

すると鬼は甲高い叫び声を上げて、一瞬で消えた。

「う、そ……」

世莉の呟《つぶや》きの先には、真っ青な空が見える。鈴は今までお守りとして使っていたし、もしかしたら効果があるかも？　と半信半疑で投げたのだが、こうも効果があるとは……。

「なん、やったん……？」

床に座り込む前田に、世莉は「分かんない」と言いながら手を差し伸べる。

「お守り投げたら、逃げたみたい」

「へ？　お守り？」

間の抜けた前田の言葉に世莉は「うん」とうなずく。

「……アンタ、なんなん？」

差し伸べる手を払われて、世莉はハッとした。教室にいるクラスメイトの視線が自分に向けられていることにも気づいて、世莉は固まってしまった。

「あ……、あの……」

なんと説明すればいいんだろう？

次の言葉が出ずにいると、いきなりガラッと教室のドアが乱暴に開けられた。

「――世莉っ！」

呼ぶ声に世莉の体が大きく震える。

「こぉの阿呆《あほう》が！　なんで俺を呼ばない!?」

「え？　神威を？　あ……」

そういえば、言われた気がする。『なんかあったら呼べよ』と。

「や、でもスマホを出す余裕なんて――」

「このド阿呆がっ！　素直に普通に大きな声で呼べ！　それで『鬼』はどこへ行った⁉」

「え？　どこ？　や、そんなの……」

分かるはずがない、だって消えたんだから。

リーン……。

けれど、微《かす》かに聞こえる鈴の音に、世莉も神威も反応して顔を上げた。勿論《もちろん》、辺りを見回したところで何も見えないのだが……。

「……世莉、お前、鈴をどうした？」

「え？　あ、えと……、鬼に投げたんだけど……」

「……投げた？」

復唱する神威に世莉はコクンとうなずく。

「そしたらね、ちょっと苦しそうに唸《うな》って消えたの。やっぱり効果が――」

そんな世莉の説明に神威は一瞬固まって、それからワナワナと震え始めた。

「か、神威？　どっか悪い――」

「こぉのっド阿呆がっ！　猫に鈴をつけたなんて洒落《しゃれ》てるつもりか⁉　あれがどれだけ重

要なものか分かってんのか⁉　お前が持ってるからあれは清浄でいられたんだ！　それを邪気の塊にぶつけただと⁉」

「え？　や、だって――」

「追いかけるぞ！」

踵《きびす》を返してすぐさま教室を出ようとする神威に、世莉は「ま、待って！」と彼の制服の裾を掴《つか》んだ。

「なんだ！」

「だ、だって、怪我してる人とかっ」

教室内を見れば、確かに怪我を負った生徒はいるのだが……。

「この程度では死なん！　勝手に保健室へ行け」

「そ、そんなっ」

「死人が出ても知ったことかっ！　お前がやったことはそれ以上に問題なんだよっ！」

「――っ」

きつく言われ、涙目になってしまう世莉を見て、神威は「ちっ」と舌打ちをした。

「っつか、なんで投げるなら短刀にしなかった⁉」

「え？」

確かに、楓に持たされて――。

「カバンの中！　ちょっと待っ」

「もういい！　それよりまだあの鈴の持ち主はお前だ。お前が呼べば答える！」

来い、と差し伸べられた手。それを数秒見つめて、おずおずと手を伸ばすとぐいっと引かれ、世莉は神威に引きずられるように走り始めた。

「まだ鈴の音は聞こえてるな？」

走りながらの質問に、世莉はコクコクと頷《うなず》く。

「どっちだ！」

言われて耳に神経を集中させれば、それは上から聞こえてきた。

「こ、こっち」

そして手を引かれながら、世莉は階段を駆け上がった。

「ここか……」

二人が立ち止まったのは——。

「え？　だって、ここ……」

国語準備室、つまりは教員の控室だった。その室内からは、「うぅ……」とうめき声まで聞こえてくる。

「下がってろ」

後ろへトンっと押され、一歩下がりながらも、世莉は「でも、ここっ」と言ったところで、神威の手が乱暴にドアを開けた。

「――向井先生っ」

「来るな」

右手で神威に制されて、それ以上前には進めない。そんな世莉の目には、うずくまる向井の姿が映った。

「お前、体ん中に鬼を飼ってるのか？」

神威の質問に、向井はギロッと彼をにらみあげた。

「……鬼じゃないわ」

荒い息の中で答える声は、震えていた。彼女の足元には血溜《ちだ》まりが出来ていて、世莉は息を呑《の》んだ。

「この子に、何をしたの？」

この子、と呼ばれた何かは向井に寄り添い泣いているようにも見える。それは世莉の見た『鬼』ではなく、まるで小さな赤ん坊にも見えた。その赤ん坊のお腹には大きな穴が空き、そこからどす黒い血が流れていた。

「水子か……」

「違うっ！　この子は死んでなんかいない！　私の子よっ、ちゃんと生きてるわ！」

叫ぶ向井に呼応して、その赤ん坊には角が生え牙を剥き、どす黒い甲羅のような筋肉でその体を覆っていく。

「……な、に？　どういうことなの!?」

状況が飲み込めない世莉の前で、その赤子には鋭い爪が生え、ニタァと笑う口は大きく裂けそこから尖った牙が剝き出しになり異臭すら感じた。

『グルゥゥゥ……、ヴガァァァッ!!』

唸り声に世莉は身を縮めるが、神威は一歩も引くことなくその鬼を睨《にら》みつけた。

「供養もせずに、水子を自分に取り憑《つ》かせ、鬼に変えたか」

「水子……、で、でも、先生は独身でっ」

「別に結婚しなくても子供は作れる」

「そう、だけど……」

「それより、まだ鈴の音は聞こえるか？」

「え？」

神威に言われ鈴の音を探した。

「聞こえる、けど……」

「小さくなってるな」

そう言われ、世莉はコクンとうなずいた。こんな状況なら、もっと鳴り響いてもおかしくないのに——。

「欠片《かけら》の力が反転し始めてる。見ろ、鬼の傷。欠片の力を吸収し始めてるんだ」

神威の言うとおり、鈴が当たった場所にあった穴が塞ぎ始め、その身をさらに大きくしているようにも見える。神威が右の人差し指と中指をそろえ、そこに力を集中させた。その指先がほのかに光を放つ。

「臨《りん》、兵《ぴょう》、闘《とう》……」

神威が四縦五横の九字《くじ》を切ると、空中に光の網ができあがり、「破《は》っ！」とそれを放つと急激に大きく広がり上から鬼を包んだ。鬼は『グァッ』と苦しそうに声を上げ網の中でもがき苦しそうな声を上げる。

「あぁぁっ、止めてっ！　なんなの!?　息がっ」

同時に、向井も自分の喉元《のどもと》を掻《か》きむしりながら苦しそうにもがいた。

「なっ、なんで!?　止めて！　神威っ！」

慌てて止める世莉の声を背中で受けながらも、神威は「破邪《はじゃ》っ」と口にすると網目状に出来た結界が小さく縮み始め、光の網が鬼の肉に食い込んでいく。それを破るだけの力がないらしく、鬼も向井も動くことが出来ずに苦しみもがいている。

「神威っ」

「諦《あきら》めろ、こいつはへその緒で鬼とつながってる」

見れば、向井の足元にある血でできた糸が、鬼とつながっていた。

「鬼を切ればこいつもその傷を負う。それはこいつの望んだことだ」

「なら、そのへその緒を切ればっ？　そしたら先生はっ」

必死にそう訴える世莉に神威は険しい顔をしたが、仕方なさそうに「はっ」と息を吐く。

「……やってみよう」

その答えにホッとして世莉は一歩下がった。すると、パキン……とガラスが割れるような音とともに光の網が一本切れた。更にそれは伝線するかのように、次々と切れていき、まるで風船が割れるように空気が外に向かって弾《はじ》けた。

「きゃあっ」

「ちっ、結界をっ、無駄にでかくなりやがって！」

そう言いながら、神威はポケットに忍ばせていた小柄《こづか》を手にした。その神威に鬼の爪が襲いかかる。それを神威は一歩下がり、小柄でうまく流した。キン……、という甲高い音に、世莉はギュッと目を瞑《つぶ》る。

「世莉っ、鈴を呼べ！」

「え？　鈴!?」

「まだお前に応《こた》えるはずだ！　早く!!」

「う、うんっ」と答えたのだけど、鈴を呼ぶ？　と頭の中は「?」マークだらけだ。それでも世莉は両手を合わせて強く願った。

お願いだから、この手に戻ってきて。そして出来るなら先生を助けて、と。

「食べちゃって！　そうすれば証拠なんて残らないんだからっ！」

高笑いする向井に、世莉の心が揺れる。でもきっと、鬼に取り憑かれてのセリフのはずだ。先生だったときの彼女の言葉は優しかったのだから。だから――。

強く願うと、世莉の身体が仄《ほの》かに光を纏《まと》い始める。その光に呼応するように、鬼の中心部分も小さな光を発し始めた。同時に、鬼の動きが鈍くなり向井の顔も苦しそうに歪《ゆが》む。

「……半人前のくせに、生意気なんだよ」

神威は小さくつぶやいて、手の中で小柄をクルリと回す。

「お願いっ、神威っ！」

その声に、鬼の体の真ん中の光が強さを増した。それを神威が見逃すはずもなく――。

「それは返してもらうぞ！」

鈍いながらも振り下ろされる大きな爪をかいくぐって、神威は手に持った小柄をそこに突き刺した。

『ギッ、ギャァァ!!』

「いやぁぁぁぁ!!」

鬼と向井の叫び声がリンクする。小柄は鬼のど真ん中を貫き、その背中からキラリと光る何かが落ちた。動きを止めた鬼から神威は容赦なく小柄を抜き、返す手でそれを振り下ろした。

ピンッ――、と何かが切れる音がする。と、同時にまたも鬼と向井の悲鳴が響き渡った。神威がへその緒を切ったのだ。その切り口から、鬼も向井も大量の血を流す。

「せ、先生っ！」

「まだ来るな！」

神威の声に世莉の足が、彼女の意思に反して止まってしまう。ダンっと踏み込んだ神威の足元に血飛沫《ちしぶき》が舞う。それを受けながら神威は指先に力を集中させ、空を切り始めた。

「臨《りん》、兵《ぴょう》、闘《とう》、者《じゃ》、皆《かい》、陣《じん》、列《れつ》、在《ざい》、前《ぜん》っ、破邪っ！」

九字《くじ》に切った空間が鬼を襲う。それは光を纏い、鬼に触れるとその光の線に沿って賽《さい》の目《め》状に鬼を切り裂いた。

『ギィヤァァァッ……』

「きゃぁぁ、あ……、ぁ……」

そしてその悲鳴が聞こえなくなると、鬼の姿もまるで煙のように空気に溶けてしまった。

「……お、わったの？」

世莉の声に神威は「まあな」と答えて、大きく息を吐き出した。その仕草に、世莉は向井の姿を視界に捉《とら》え駆け寄った。

「先生！　大丈夫ですか？　先生!?」

何度も声をかけるのに、向井の目は焦点を失って宙を彷徨《さまよ》う。

「なんで？　先生っ！」

「同化しすぎたんだ」

その声に振り返り「どういうこと？」と問いただすと、神威はもう一度息を吐き出して、重たい口を開いた。

「へその緒で繋《つな》がっていただろう？　鬼の傷が治ればこいつの傷も治っていた。最初は一方的にこいつから鬼はエナジーを得ていたはずだが……」

いつしか逆転し、鬼の力を彼女も得ていた。だから、鬼が傷つけば彼女も傷つき、鬼が消えることで、彼女の精神も持っていかれたのだろう、と神威は説明した。

「そんな……、なら先生は……？」

これからどうなるのか？　その質問に神威は静かに頭《かぶり》を振った。

「どうにもならん。そのままだ」

「なっ!?　もしかして、それを知ってて――」

神威は鬼を退治したのか？

その質問に答えることなく、神威は国語準備室の奥に足を進める。そして落ちた鈴を拾い上げると、じっと見つめて世莉のところへ戻ってきた。

「触れるか？」

「え？　鈴？　きゃっ！」

神威の手のひらにあるそれを取ろうとすると、バチッと静電気が起きて世莉は驚いた。

「無理か。少し穢《けが》れてしまったからな。那智《なち》に浄化させよう」

「神威っ」

「他に方法は無かった！」

「――っ」

ビクッと体を震わせる世莉に、神威は顔を背け小さく舌打ちをする。それでもまた視線を世莉に戻し、神威は説明するために口を開いた。

「人を呪わば穴2つってな。呪いは必ずかけた人間にも返ってくる。それなりに知識がある術者ならそれを避ける方法を取るだろうが、彼女はほぼ素人と言っていい。これは当然の報いなんだ」

「………………」

そうかもしれない、頭の何処かで理解しているつもりだが気持ちが追いつかない。

何も言うことの出来ない世莉に、神威もそれ以上何も言わずスマホを手にした。

「終わった。迎えに来てくれ」

そう連絡して程なく、パトカーがけたたましいサイレンとともに校内へやってきた。

「もっとこう地味にやれんもんか？」

そう言いながら二人に歩み寄ってきたのは、細くはない細川《ほそかわ》だ。

「向こうが勝手に暴れたものをどうしろと？」

神威の答えに細川は小さく舌打ちをして、「相変わらず可愛くねぇな」と言い捨てた。

「二人共、お疲れだったわねん！」

そして、当然のことながら楓も一緒だ。

「あら？　世莉ちゃん、どうしたの？」

事件が解決したというのに、浮かない顔の世莉にそう声をかけると、世莉はキッと真面目な顔で楓に詰め寄った。

「向井先生、本当にどうにもならないんですか？　ずっとあのままなんて――」

「ちょ、なんの話⁉」

面食らう楓に、神威は一つため息をついて、それからさっきまでの出来事を説明した。

「……なるほどねぇ。でも、神威ちゃんの言うとおり難しいかもしれないわねぇ」

「そんな……」

見るからに失望の色を見せる世莉に、楓はぽんと背中を叩《たた》いた。

「もっと早ければ、なんとかなったかもだけど、それまでは彼女の中に隠れて気配を完全に消していたのだし、こちらとしてはどうしようもないわ」

でもね、と楓は続けた。

「あのままなら、完全に彼女は鬼女となっていたはず。それを考えれば、あなた達は良《い》いことをしたと思うわ」

こんな言葉、気休めにもならないことを楓は知っている。

「この程度の被害ですんで、細川ちゃんには感謝してもらわないとねぇ？」

だからここは大人の細川に振って、空気を和ませることにした、のに。

「あん？　仕事だ、仕事！　っつか、これどう始末つけるかなぁ。教室のガラスは割れまくってるし、何かのテロかっ、ぐはっ！　なっ……、何しやがるっ！」

思いっきり細川にボディブローをかましたのは楓で、しかも楓はなよなよして見えて実は細マッチョだったりする。そんな彼からのボディブローの威力は相当なものだろう。結果として、細川は崩れ落ちてしまった。

「全く、これだから乙女心のわからない男は困るのよ」

「…………」

お前もな、と心で呟《つぶや》いて神威は世莉を見た。責任を感じることは悪くない。が、それを感じすぎて前に進めないのも困るのだ。

「あら!?　世莉ちゃんっ、脚っ!!」

「え？　あ……」

言われてみると、脛《すね》の切り傷から血が流れてる。

「こんなの、大丈──」

「いやぁぁぁ！　乙女の肌にキズ!?　神威っ！　アンタが付いてて何やってんのっ！」

「あぁ？　そんなもん、舐《な》めときゃ治」

「傷がのこったらどーするの!?　神威っ！　責任取りなさいよ!?」

「はぁ!?　ボケたこと言ってんじゃねぇ！」

騒々しい二人のやり取りを見ながら、世莉は考えていた。

『もう少し早かったら──』

それはどれくらい？　ついさっきまで、向井からは何も感じなかった。だから神威も鬼の居場所を特定出来なかったのだ。

『最初は一方的にこいつから鬼はエナジーを得ていたはずだが……』

鬼の力が向井に流れたのはいつから？　二人が鬼の居場所を突き止められたのは──。

「わ、たし──？」

思い当たる自分の行動に、世莉の足が震え始めた。

「世莉ちゃん？」

かけられる声も、世莉の耳には入らず、両手で口元を覆い足元から崩れ落ちそうな身体は楓に抱きとめられた。

「世莉ちゃんっ、どうしたの!?」

「わたし、が……」

鈴を、投げたから？　鈴の中にあるハバキリの欠片《かけら》には力がある。それは身を持って知っていた。また、その力は陰陽どちらにも変わりやすいと、那智から教わったはずだ。

『欠片の力が反転し始めて――』

その言葉を思い出して、世莉は神威を視界に捉えた。

「私が、鈴を投げたから……？」

「違う。これがこいつの運命だった」

世莉の言いたいことが分かったのだろう、神威はそう即答した。

「鈴が、鬼に力を与えたの……？」

「……あのままなら、遅かれ早かれ今の事態になってたさ」

「でも、もしも私が鈴を投げなかったら、それでちゃんと先生に気づいたらっ」

「鈴がなければ気付けなかった」

「でもっ、もしかしたら――」

「世莉ちゃん!?」

楓の声が届かないのか、世莉の頭の中は同じことを繰り返す。

「私がっ、私が先生の心を――」

殺したんだ――。

「世莉ちゃん！」

沈んでいく意識の中で、世莉はそうつぶやいた。

「お、おい？　お嬢ちゃんは大丈夫なのか!?　その子は『フッー』なんだろ？」

一人あわてる細川に、「……力の使い過ぎだ、阿呆《あほう》」と神威が小さく呟くから、楓はクスッと笑って世莉を抱き上げた。

「あらあら、そんな悪態つかなくても。さっきまで世莉ちゃんを庇《かば》ってたくせに」

「俺は事実しか言ってない」

不愛想な顔でそう口にする神威に楓は薄く笑い、気を失った世莉を軽々と抱き上げる。

「というわけで、ただ緊張の糸が切れただけ。あたしらはこれで帰らせてもらうわね？」

こうして、三人はまだ騒然としたままの高校を後にした。

※　※　※　※

――下腹部に感じる痛みに、私はお腹に手を当てた。お腹だけじゃない、背中も太腿《ふともも》も蹴《け》られ殴られて、体中あざだらけ。

それでも彼を見捨てることが出来ないのは、彼も可哀そうな人だから。立ち止まり、見上げるのは彼のアパート。前はもっといいところに住んでいたのに、学校を辞めざるをえなくてこんな古いアパートに住むことになった。一緒に私のマンションにと言ったのに、彼は首を縦に振らない。それどころか「ヒモになれって言うのか!?」と、彼のプライドを傷つけてしまい殴られてしまった。

昔はこんなことはなかった。いつでもスマートで、優しくて尊敬できる先輩だった。私の横を通り過ぎる女性の姿を見たとき、彼を変貌《へんぼう》させるきっかけを与えた生徒の顔が頭に浮かんだ。

半年前、彼の生徒が万引きをした。それを彼が責任を持って引き取ったのに——。生徒は自分の罪を認めず、受験に失敗したのも彼のせいにした。

何を逆恨みしたのか、生徒たちは彼を責め、その保護者達までもが彼を非難し始めた。そうなると学校側も彼を庇うことも出来なくて、休職。そしてついには退職にまで追いやられてしまった。

じっとアパートを見ていると、さっきの女性が彼の部屋を訪ねる。開くドア、彼は彼女を引き寄せるとキスをした。ぐっと唇をかみしめて、胸の痛みを誤魔化す。仕方ない、彼は心の病を抱えてしまったのだから。

お腹が痛い……、早く帰ろう。

私は痛みを抱えたまま、家にたどり着いた。

「痛っ——!」

帰るなり、急激な腹痛に私は息をすることすら忘れる程だった。その痛みに襲われながら見えたのは、下半身から流れるおびただしい血……。

「あぁ――っ！」

私が痛みで一晩中苦しんでいるのに、彼はどうしているんだろう？　ううん、彼も苦しんでいるはずだ。好きでもない女を相手にして、苦しさを紛らわせているに違いない。彼は、心の病気なのだから。

翌日、血だまりの中で目を覚ました。鈍い痛みはまだある。そんなことよりも――。

「……私の、赤ちゃん」

残された小さな血の塊に、私は一日中泣いた。

「悲しいことがあったのですね。僕でお役に立てるなら話してみませんか？」

いつも相談に乗ってくれている人に、私はすべてを話した。

「大丈夫、赤ちゃんはあなたの中で生きています。だから大切にしてあげてください」

その人のおかげで赤ちゃんは生き返り、またこの身に宿すことが出来た。

彼と私の赤ちゃん。だから彼に報告しようとしたのに、この子を育ててる間に、彼は麻薬におぼれて心臓まひで死んでしまっていた。元教師が麻薬なんてマスコミの格好の餌食だ。だから彼のお葬式はひそかに行われ、家族以外誰にも知られることはなかった。

可哀そうな彼、可哀そうな残された赤ちゃんと私。

「復讐《ふくしゅう》、しなきゃ……」

涙を流しながらそう思った。そうしなきゃダメだよと、赤ちゃんが私に囁《ささや》いた――。

だけど、多分違う。頭のどこかでダメだと気付いていたけど、もう止められなかった。

ごめんね、ごめんなさい――、そして……。

※　※　※　※　※

「……あれ?」

目が覚めると、そこはベッドの上だった。なぜか濡《ぬ》れている頬を不思議に思いながら、世莉は重たい体をゆっくりと起こして、鈍く訴える足の痛みに顔をしかめた。

「何が……、あぁ、そうだ……」

丁寧に包帯の巻かれた足にそっと手を重ねた。さっきの夢は先生の……?　それとも自分が作り上げた向井の幻想だろうか?

けれど、今日起きたことは夢じゃない。それは鈍い痛みを訴える足を見ればわかる。

「あ、起こしちゃいましたか?」

「え?」

ドアからひょこっと覗《のぞ》く顔に驚いていると、同じ顔がもう一つ出てきた。

「起きちゃいましたか。お腹空《す》きませんか？」

「何が食べたいですか？」

「やはりここはお好み焼きでしょうか？」

「やはりここはたこ焼きでしょうか？」

「……瑠璃《るり》ちゃんと、玻璃《はり》ちゃん？」

呼ばれて、ふたりはニコリと笑って「はい」と答えた。

「那智様と一緒です」

「オマケで来ちゃいました」

いつもの二人のやり取りに、世莉はやっと頬の筋肉を緩めることが出来た。

「下に降りますか？」

「まだお休みになりますか？」

「……みんな、居るの？」

その質問にも二人揃って「はい」と答える。だから、世莉は降りることを選択した。

「嫌やわぁ、なっちゃん来るならエステにでも行ってたのに」

「いえいえ、紅葉さんにそんな必要ないですよ。今日もお美しい」

「いやーっ！　なっちゃん、口がうまくなったなぁ！」

バンっと背中を叩《たた》かれて、流石の那智も苦笑いだ。

「ほら、マ——、お母さん、商工会の会議でしょ？」

追い出そうとする楓に、紅葉はジトっとした視線を送る。

「……あんたが行ったらええやん」

「あたしが行っても分かんないから！　ほら！」

楓に急《せ》かされ、「しゃーないなぁ」と重い腰を上げると、世莉と目が合った。

「あら、世莉ちゃん、起きたんやな。気分はどうや？」

「あ、もう大丈夫です」

そう答えるのに、紅葉は眉《まゆ》をひそめて世莉に近付いた。

「まだ顔色悪いなぁ。学校、大変やったんやろ？　まだゆっくりしとき？　な？」

ポンと叩かれる背中から、温かいものを感じて世莉は「はい」と答えた。

「行ってくるけど、楓、粗相のないようにな？」

そう言うと、やっと紅葉は家を出ていった。

「世莉ちゃん、初めての仕事、よく頑張ったね」

那智の言葉に、世莉は泣きそうになりながら首を振った。

「私……、なにも出来なくて、ううん。出来ないどころか、大変なことを——」

「世莉様……」

「どこか痛いのですか？」

瑠璃と玻璃の言葉にも、世莉は首を振る。

「世莉ちゃん、君は悪くない」

これは気休めだ。それが分かるから、世莉は首を振り続けた。

「私が、鈴を投げなかったら、そしたら先生は……」

「それでもあの先生は、助からなかったと思うわよ？」

楓の言葉にようやく顔を上げると、楓は優しく微笑んで椅子に座るよう促した。

「うん、僕も楓の意見に賛成だね。他の方法はあったかもしれないが、そうなるとこの件は長引いただろう。その時間が長ければ、鬼とつながってる彼女は、いずれ鬼女となって神威と対峙《たいじ》することになったと思う。そうなれば、彼女は塵芥《ちりあくた》となる可能性だってあった」

「ちり……？」

聞き返す世莉に、那智は「うん」と頷《うなず》いた。

「悪鬼悪霊、魑魅魍魎《ちみもうりょう》の類《たぐい》は滅せられれば塵となって消えるだけなんだ。その意味で、彼女はまだ完全に融合してなかったからね、精神はいくらか持っていかれたようだけど、肉体はこの世に留《とど》まることが出来た」

それはせめてもの救いだよ、と那智は続けた。

「でも……」

他に方法があったんじゃないだろうか？　いや、絶対あったはずだ。その想いの抜けない世莉に、那智はポンと彼女の頭を撫《な》でた。

「世莉ちゃんはよくやった。君が責任を感じることはないよ。もともと神威の見学って話だったんだからね」

「それじゃ俺が悪いみたいだろ」

そんな神威の言葉に、那智は「そうでもないんだけどね」と笑う。

「今回は思ったより話が複雑で、なかなか鬼を特定することが難しかったからね。もっと早くに捜査が進んでいれば違ったんだろうけど」

那智の言葉に、世莉は顔をあげた。

「……あの、さっき夢を見たんです」

「夢？」と聞き返す那智に世莉はこくんと頷き、見た夢の内容をすべて話した。

「……すごいな、世莉ちゃんに感応術の才能まであるなんて。それとも彼女にその力があったのか？　そういえば生徒を誘導してた節もあるし、呪詛《じゅそ》返しの知識もあったんだから出来てもおかしくないね」

那智の言葉に、あれは夢ではなく現実だったのだと裏付けされた。

「しかし、都合よくその学校でしかもそのクラスの臨時採用の話が彼女に来たものね」

楓の言う通り、こんな偶然があるものだろうか？

「運命、というには出来過ぎだけど、向井先生はまだ臨時採用だったし、事情が事情だけになりたがる教員も居なかったみたいでね……」

その話が来たとき、彼女は運命だとでも思ったのだろうか？

「で、でもっ、向井先生は私のことも気にかけてくれていたし、先生の方が辛《つら》い立場で、なんで鬼なんて――」

彼女の方が、生徒から嫌がらせを受けていた。傍《はた》から見れば彼女こそが被害者なのに。

「こればっかりは想像だけどね、恐らく彼女は生徒たちの未来を奪うつもりだったのかも」

「……あ、内申？」

それは世莉も気になっていた。あんな授業態度だと、誰もあのクラスの生徒にいい点数を付けるはずがない、だからちゃんと授業を受けようと言ったのは、紛れもなく世莉本人だ。

「なるほど、それも考えてたかもね。内申点が低ければ、推薦は受けられない。そう行動するように、彼女が鬼の力を使って、生徒を扇動したのかもしれない」

何度となく聞いた「鬼」という言葉。

「だけど、そんなことのために……」

自分の身体を鬼に明け渡すなんて、しかも流産した自分の子供だというのに、そこまでするものなのか？

「あの女は、死ぬ気だったと思う」

神威の言葉にハッとしたのは世莉だけで、那智も楓も驚いたりはしなかった。

「な、なんで!?」

一人、理解できない世莉に、那智は一度目を伏せてから話し始めた。

「もう、想像でしかないけどね、彼女は生徒達に罪悪感を植え込んで、目の前で死ぬ気だったんじゃないかな？」

「そんな……」と声を漏らす世莉だが、楓も賛同するように「そうね」と頷いた。

「彼女の死を目の当たりにすれば、生徒達に明るい未来なんてないわ。一生それを背負うことになる」

きっと、事あるごとに思い出すだろう。そして、自分が殺人者だということに一生苛《さいな》まれるのだ。

彼と同じような社会的制裁を与えることが、彼女の復讐だったのかもしれない。

「心に鬼を宿すって、そういう事なのかも。その鬼が自分の子なら、自分が死ぬことで鬼を解き放つことも出来る。そして、鬼がその後コントロールを失って生徒を食らうことも、良しとしたかもしれないわね」

そこまで、彼女は本当に考えていたのか、今となっては誰も分からない。

「なんだか、後味の悪い事件だったわね」

そんな楓の一言に集約される、嫌な事件だった。

11. まだ続くとか、続かないとか。

「さ、お好み焼きにいたしましょう！」

「たこ焼きも作れます！」

瑠璃《るり》と玻璃《はり》の声が響くと、なんとなく日常に戻った気になるから不思議だ。

「おほほ！　ここは楓様《かえで》の華麗なるヘラさばきを見せてあげてよ？」

ホットプレートを前にして、金属のヘラをカチンと鳴らす楓も勇ましい。

「っつか、ソースはオタフクしか認めねぇから」

密《ひそ》かに神威《かむい》も食べる気満々だ。

その中でも、世莉《せり》の気分は晴れないままだった。けれど、この食卓も世莉に気を遣ってのものだと分かっているから。

「出来ました、お好み焼きです」「出来ました、たこ焼きです」

「海老《えび》も入ってます！」「コーンもたっぷりです！」

そんな二人に世莉も笑顔を見せて、作ってもらったお好み焼きとたこ焼きを口にした。

お好み焼きを食べ終え、「片づけます」と口にした世莉に楓は首を振った。

「今日は疲れたでしょう？　疲れはお肌の天敵。早く休んだ方がいいわ」

そう言われ、世莉は先に2階へ上がった。

「かなり落ち込んでるわね」

片付けながらの楓の言葉に、那智《なち》も「そうだね」と頷く。

「僕としてもこんな結末とは思ってもなかったしね、ちょっと失敗したかな」

もっと事は単純だと思っていたのに――。

「悪かったな」

そんな素っ気ない声に、那智は思わず笑ってしまった。

「おやおや、神威が責任感じるなんて珍しいこともあるんだね」

「……別に」と面白くなさそうに言いながら、神威は小さなそれを那智に投げた。

「欠片《かけら》？」

それは世莉の『鳴らない鈴』だ。

「浄化しといて。後、もう少し結界強めにしてくれ。煩《うるさ》くて眠れん」

別段、外で騒音がするわけではないのだが、楓は少し辺りを見回すように視線を泳がせて、小さく息を吐きだした。

「世莉ちゃんの気が弱ってるせいで、雑多なやつが集まってんのね。ママがいれば気にならなくなるだろうけど」

「別の意味で煩い」

神威の言葉に楓は苦笑して、「それもそうね」と布巾《ふきん》を手にした。

「でも、これで辞めたい、なんて言わないかしら？」

元々彼女がやりたくて始めた『欠片探し』ではない。彼女の責任感につけ込んで、手伝わせているからそう言えば、那智は真面目な顔で「それは困るね」と零《こぼ》した。

「なっちゃんが困っても仕方ないでしょう？　彼女は関係ないんだし」

「関係ない、ことはないかな？　それに彼女の力は稀有《けう》だ。その力は未知数だしね、見張っておきたいというのも本心だけど……」

意味深な言葉に、神威は那智を見たが、彼は「ま、それはその時考えようか」といつもの笑顔を見せた。

「それにしても紅葉《もみじ》さん、遅いねぇ」

「ん？　商工会の会議から飲み会になるのが定例なのよ。だから帰ってくるのは朝方ね」

そんな定例に那智は「元気だねぇ」と笑う。

「っつか、関係あるってどういうことだ？」

話を戻そうとする神威に、那智は困り顔で笑う。

「うーん、まだ僕の想像の範疇《はんちゅう》だから言えないかなぁ」

「言えよ」

「ダメ。はっきりしたら教えるね？」

こうなったら那智は絶対に喋《しゃべ》らない事が分かっているから、神威は小さく舌打ちしてリビングを出て行った。

「なっちゃん、スッゴク意味深であたしも気になるんだけど」

「楓でもダメ。本当に想像で、そうじゃなかったらって思ってる。だから誰にも言わない」

きっと素敵な想像、とは違うのだろう。だから楓もそれ以上突っ込まず「なら、忘れるわ」とテーブルを拭《ふ》き始めた。

「瑠璃も手伝います！」「玻璃も手伝います！」

二人の声に楓もニコリと笑う。

「そうね、じゃ、辺りを見張っててくれる？　要らない奴等は食べちゃって？」

そう言うと二人は「はーい！」と手をあげるやいなや、その場から消えてしまった。

「……楓、怒ってるんだね」

「あたしとなっちゃんの間で秘密なんて、ないと思ってたから」

「……その意味深な発言、止めて」

「そうだ、今夜は一緒に寝る？　なっちゃんのお布団まで用意してないのよね」

「いいです。ちゃんとホテルに部屋取ったから」

「あら、誘ってる？」

「誘ってません！」

必死の形相で叫ぶ那智に、楓は「あら、残念」と舌を出して笑った。


作ってもらったお好み焼きは、全部食べた。

「……っ、……はぁ」

だけど、世莉はそれを吐き出してしまった。それが罪悪感から来るものなのか分からないけれど、身体が受け付けない。

どうしても考えてしまうのだ。他に方法があったかもしれない、自分は余計なことをしたのかもしれない、もっと違う今があったかもしれない。

でも、違う方法を知らないのも事実でさらに落ち込んでしまうのだ。

「バカだなぁ…」

もう吐き出すものも無くなって、世莉は立ち上がった。

「ほら」

「ひゃっ！　え？　神威!?」

ほっぺに冷たいものを感じて声を上げると、すぐそばにミネラルウォーターのペットボトルを持った神威がいた。

「飲めよ」

「あ……、うん、ありがと……」

水は欲しかったが、那智と楓のいるリビングには行けなくて、本当の意味で恵みの水だ。

世莉はコクリとそれを飲み込んで、小さく息を吐き出した。

「阿呆《あほう》だな、なんでお前が責任感じてるわけ？」

いつもなら反論する所だけど、その気力もなく世莉は首を横に振った。

「責任、じゃないと思う。それを感じるほど、私には何か出来る力がないもの」

なら、なんだ？　と聞かれても答えは持ってはいないのだけど。

「あの女のことが、そんなに引っかかるか？」

「…………」

気にしてない、といえば嘘になる。

「……神威は、強いね」

「当たり前だ。あの程度の鬼に負けるはずがない」

「そうじゃなくて……」

力があるとか、無いとかじゃなく、心の問題なんだろうか？

思い悩む世莉を見て、それから神威はゆっくりと口を開いた。

「……事実はどうであれ、お前の中で『いい先生』だったなら、それでいいんじゃないか？」

「……え？」

「那智も言ってたろ？　菅原道真《すがわらのみちざね》本人が怨霊《おんりょう》になるほど、自分を左遷させた藤原《ふじわら》家や天皇を恨んでた、なんて文献は残っていない。けれど、起きた凶事に人々はそう思い込んでしまった」

きっとそこには罪の意識があって、それに苛《さいな》まれて体調を崩したかもしれない。昔のことだから、弱り目に祟《たた》り目なんてことで死に至った、とも考えられるだろう。

「残った思念は生きてる人に左右されやすい。だったら、お前だけでも『いい先生だった』って思っとけ。それだけであの先生は救われる」

「……救われる」

そして、きっと世莉の気持ちも。

水を飲んだからなのか、神威の言葉のおかげなのかは分からないけれど、ほぅと息をつく世莉の顔色が心なしか良くなっていく。

「そっか……」と呟《つぶや》く世莉に、神威は眩《まぶ》しそうに目を細めた。

「お前は、恵まれてるな」

「……え？」

「あんなのは普通だ。誰かが誰かを憎むなんて、この世の中では日常茶飯事。しかも、こんな仕事をしていればほとんどがそれだ」

「…………」

そうかもしれない。人を憎んだり妬《ねた》んだり、そうしなければ鬼も生まれないし、悪霊も存在しない。そんな話が古来絶えないのは、きっとそういう事なんだろう。

「だけど、お前は今までそれを見たことがなかった。それは『恵まれてる』ってことだ」

「……普通は、みんなそうだよ」

自分が特別だとは思わない。いままで本当に普通の生活を送ってきたのだから。

「見えてないだけだ。この世は憎悪に満ちている」

「そんな、そればっかりじゃ――」

「だから、お前は辞めたほうがいい」

きっぱりとそう言い切る神威に、世莉は目を丸くして彼を見あげた。

「体質とか力の問題じゃない。世莉、お前にこの仕事は向いてない。そう那智に言え」

我ながら向いていないのは痛感している。感度が人より優れているだけ。今までなんとかなったのも、ハバキリの欠片と身体の中にある鞘《さや》のおかげだ。

「……それは、やっぱり私が足手まといってこと？」

確かに足手まといだったかもしれない。でも少しくらいは――。

「いや、お前の感度《センサー》は大したもんだし、足手まといってほどじゃない」

てっきり、『その通りだ』と言われると思っていたのに、予想外の言葉に世莉の目はまた大きくなる。

「でも、その度に傷ついてたんじゃ無理だろ？」

ぶっきらぼうながら、神威の優しさに世莉は胸がほんの少し温かくなるのを感じた。

「……でも、それじゃ、鞘は？」

そもそも、この仕事をするようになったのはそれが発端だった。

「神剣が出来上がるまで鞘はなくても問題ない。その間は那智の結界もあるし、お前の母親もそばにいる。誰かに奪われる心配もしなくていい」

なんなら、強力な式に守らせてもいい。彼女を守る方法こそ、いくらでもあるのだ。

「だから、お前は普通に戻れ」

そう言うと、神威は自分の部屋に戻ってしまった。

「神威……」

普通の日常を送る。それがどれだけ大切なことか、ここに来て少し分かった気がする。

朝起きたら神社の掃除、そして学校へ行って親友のアユと他愛のない会話で盛り上がる。

特別なことなんて何もない、今まで退屈だとすら思っていた、普通の日々。

「そっか……」

その選択肢もあったんだ……。

そう呟いて、世莉も部屋に戻り重たい体をベッドに沈め、ゆっくりと目を閉じた。


「帰ろうか」

次の日、那智が車を回して迎えに来てくれた。

「なんや、バタバタやなぁ。今日は土曜やし、ゆっくりしてったらええのに。ほら、世莉ちゃんも観光すらしてへんやろ？」

紅葉にそう言われ、楓も「そうねぇ」と唸《うな》れば、那智までも「うーん」と口にする。

「そう言われるとそうだよねぇ。世莉ちゃん行きたいところある？」

「え？」と世莉が驚けば、隣の神威は舌打ちだ。

「さっさと帰らせてくれ。俺は人混みが嫌いなんだよ」

そんな神威の声を聞きながら、世莉は「あの……」と遠慮がちに口を開いた。

「先生には、会えませんか？」

その質問に、那智と楓は視線を合わせ難しい顔をする。

「あ、無理なら諦《あきら》めますから。何か話したいわけでもないんですけど、ちょっとどうしてるのかなって」

気にしたところで、どうしようもないことも分かっているけど……。

「いいよ」

「え？」と、驚いて顔を上げると、那智はニコリと笑った。

「今、病院だけど細川《ほそかわ》さんに言えばなんとかなるよ」

「そうね、お見舞いが終わってから大阪観光でもしましょうか？」

「だから！　俺は行かないって！」

そんな神威も引き連れて、全員を乗せた車は警察病院にたどり着いた。

「……あー、確かに協力依頼はしたけどな、こーゆーのを特権だと思われちゃ」

「顔に似合わず細かいわねぇ」

「だから細川さんなんだよ、楓」

「……デブなのに」

「うっせーぞ！　お前ら！」

「えと、すみません」

「お嬢ちゃんはいいんだ、こいつらがなぁ」

「お静かに」と看護師に怒られて、神威以外の全員が「ごめんなさい」と頭を垂れる。

「ここだ」

そう言いながら細川が開けた病室には、変な御札が貼られていた。それを不思議に思い世莉が那智を見ると「ただのお守りみたいなもんだよ」と答えてくれた。

病室は真っ白で、他に色はない。その真ん中で、向井はじっと座っていた。

「面会だ、向井」

その声にも反応せず、彼女の瞳《ひとみ》は宙を彷徨《さまよ》う。

「ずっとこの調子だ。何を話しかけても答えん。飯も食わんから点滴で、まるで人形だな」

そんな細川の説明に、楓が「それは……」仕方ないわね、と言葉を飲んだ。

「ま、どうせ立件も出来んしな。幸い、死者は出てないし、怪我も聞いてみれば鬼に驚いて転んだだの、階段から落ちただの、直接的被害はなかったし、何より――」

被疑者がこれじゃあな、と細川も諦め顔だ。

「――え？　あっ、あの、行方不明になったクラスメイトっていうのは？」

細川の言葉に思い出してそう聞くと、彼も「あぁ、それな」と話し始めた。

「そいつの父親が地方議員で、つてを使いまくって捜査零課に連絡が来てな？　そいつ本人は別の陰陽師《おんみょうじ》が匿《かくま》ってるんだが、なんの霊症もなくて、変だなって話になってだな」

「で、とりあえずうちに依頼が来たってわけ」

そんな経緯に、世莉はホッと胸を撫《な》で下ろした。

誰も死んでいない。

この事実だけでも救われる。

「まぁ、最後の教室のガラスが割れたのも、突発的な竜巻って話になりそうだしな」

「そ、そうなんですか？」

苦笑しながらも、細川は「表向きはな？」と返した。

「鬼が割りました、なんて通じねぇだろ？　にしても、ある意味こいつも被害者だよな。こんなことになっちまってさ」

同情するように話す細川の横をすり抜けて、世莉は向井に近寄りベッド脇に座った。

「先生？」

呼んでも、彼女はどこか遠いところを見るばかりで、世莉に気付きもしなければ、見ることもない。

「私を庇《かば》ってくれてありがとうございます」

世莉はそう言って彼女の手を取ったけれど、その指先は冷たく、まるで死人のようだ。でも、ぎゅっと握るとその手のひらは温かくて、世莉はふっと頬の筋肉を緩めた。

「きっと、先生は鬼に成り切れなかったんじゃないかな？　だから神威にも正体が分からなかったし、あんな大きな鬼なのに、みんな怪我くらいで済んだのかも……」

もしかしたら、都合の良《い》い解釈かもしれない。

「……そうね」

それが分かっていても、楓もそう答え、隣で那智も頷《うなず》いた。

「向井先生、ありがとうございました。おかげで私、転校してもすぐに友達も出来ました。ハブられたりなんてしませんでしたよ？」

向井に微笑みかけるが、やはり反応はない。それでも世莉は彼女に微笑んだ。

「……きっと、世莉ちゃんの気持ちは伝わってるわ」

楓の言葉に世莉は頷いて、立ち上がった。

「また、先生に会いたいです」

そう言って強く握ると、向井の指先が握り返した、気がしたけれど、彼女の表情は相変わらずだから、世莉は苦笑しながらも彼女の手を離し一礼した。

「ありがとうございました」

そして細川にもお礼を言えば、彼は顔を赤くして「おう」なんて答えるから、那智と楓に笑われる。

「そんじゃ、大阪観光でもしましょうか？」

「だね、世莉ちゃんどこ行きたい？」

「え？　どこって――」

その後ろで呆《あき》れていた神威なのだが、閉まるドアから見える景色に驚いてしまった。

「どうかした？　神威ちゃん」

けれど、楓の質問に神威は「なんでも」と歩き始めた。

「さっさと帰ろうぜ」

「だからぁ、これから観光するのよ。神威ちゃんはどこ行きたい？」

「……出雲《いずも》」

「え？　初芝《はつしば》さん？　神威ちゃんったら渋いわねぇ」

「違うわっ！　誰が出雲分祠《ぶんし》の話をしてる！」

神威は、彼女が流した涙を見なかったことにした。


結局、観光に選んだのは梅田《うめだ》スカイビル。

「すごい……」なんて言葉しか言えない世莉に、神威は笑う。

「お前、田舎者丸だし」

「だ、だってこんなエスカレーター初めてだし！」

まるで空中を進んでいるかのようなエスカレーターに感動しきりだ。

「みんなそうだよ、世莉ちゃん。神威も口から『すごい』って言葉が飛び出そうなのを我慢してるんだから」

「るさい、那智」

バツが悪そうにそう口にする神威に、後ろで楓が「ふふ」と笑う。

「でも、大阪生まれのあたしでもここに入るのはたまにだから感動しちゃうわ」

40階に上がれば、空中庭園大明神なるものまである。

「人ってね、世莉ちゃん。誰しも神様や見えないものに縋《すが》り付いちゃうような、弱い生き物なんだよ。恋愛相談一つにしても、こうして神様にお願いしたくなるほどね」

那智の言うとおり、そこにはハートの形をした南京錠がそこかしこに止められていた。

これで相手の心を閉じ込めたい、そう願った想いの形だ。

「弱い……、だから鬼になりたかったんですかね……？」

まるで玩具《おもちゃ》のような大阪の街を見下ろして呟《つぶや》くと、「かもね」と那智の声が返ってくる。

「……那智さん、私、役に立ってますか？」

今回、大阪に来たことに意味があったんだろうか？　もしかしたら、余計なことをしただけで、居ないほうが良かったんじゃないだろうか？

ずっと、そんなことを考えていた。

少しばかり霊感のようなものがあるだけで、何か勘違いしているような気がする。そんな想いを吐き出すと、那智の大きな手が世莉の頭に降ってきた。

「うん、凄《すご》く助かった」

「でも……」

「世莉ちゃんが居てくれて、本当に良かった。あの先生もそう思ってるはずだよ？」

「……だったら、いいな」

今にも泣き出しそうな世莉の頭を、那智は乱暴に撫でる。

「ちょっ、那智さん!?」

「いい子だね、世莉ちゃんは。その気持ちに救われる人はきっといる。もっと世莉ちゃんは自信を持っていい。君はいい子だよ」

「……子供じゃないし」

「まだ子供でいいんじゃない？　急いで大人になることはないよ」

急いでいるつもりは無かったけど、背伸びはしていた気がする。ストンと、かかとを地面に下ろせてホッとしたような、そんな感覚に世莉は「そっか……」と息を吐き出した。

「もっとユニバとかでも良かったのに」

そんな那智の言葉に、世莉はフルフルと首を振る。

「お好み焼きもたこ焼きも食べたし、５５１の豚まんも食べたし、グリコの看板も見たし、楽しかったですよ？」

「食いもんばっかだな」

神威の突っ込みに世莉も「あ」と自分の口を塞《ふさ》いで、照れるように笑う。

「あ、それより楓さんはいいんですか？」

帰りは那智の車で、その中には楓は居ない。

「うん、紅葉さんの腰も完全に治ってないしね。しばらくはお店の手伝いだって」

那智の説明に「そっか……」と呟いて、窓の外を見た。もう高速に乗っているから、見える景色は単調だ。

「那智さん」

「ん？　あ、サービスエリアによる？」

まだ、正直迷ってる。

「私に、出来ることってありますか？」

修行はしてる、といってもきっとまだ入口に立ったところだろう。

それなりに霊感的なものはあるとは思うけど、役に立つレベルでもない。そもそも、これが自分の力なのか、鈴の力なのか、それとも鞘《さや》の力なのかも判断できないし、制御も出来ない。それを制御するための修行だと言われても、どれくらいでそれが出来るのか、いや出来るかどうかも分からない。

「あのっ、最初は怖かったけど、その、無理やりでも取り出せるなら私の中から鞘を取り出してもらっても――」

世莉の決意の言葉は、サービスエリアで停まる車と一緒に停止してしまった。

「世莉ちゃん、焦る必要はないんだよ。そもそも、ハバキリの欠片《かけら》を集めるのも君の使命でもなんでもない。勿論《もちろん》、やりたくないなら――」

「辞めさせろ」

ふたりの会話に割って入ってきたのは、ずっと沈黙していた神威だ。

「鞘も那智が出来ないなら俺がやってやる」

最初からそうするべきだった。と言い切る神威に、世莉の胸は少しばかり痛みを覚えた。

「神威、そんな簡単なことじゃ」

「それでも、こいつには無理だ」

「でも、助けられたでしょう？」

「………………」

言い返せない神威に、那智はフッと笑った。

「神威は素直じゃないからね。世莉ちゃんの事が心配でこんなこと言ってるんだよ」

「はぁ!?　なに寝ぼけてっ」

「でもね、世莉ちゃんの好きにしてもらって構わないよ。とはいえ、何が起きるか分からないから、無闇に鞘は取り出せないし、そんなことは誰にもさせない」

ちらっと神威を見れば、彼は小さく舌打ちをした。

「でも、僕は鈴とか鞘を抜きにしても、君の力が必要だと思ってる」

できればこの考えはハズレであって欲しいと願いながらも、そうであって欲しいとも願ってしまう自分は誰よりも利己的な人間かもしれない。なによりこう言えば彼女は……。

「こんな狭いところで考えてたら行き詰まるよね。美味《おい》しいものでも食べようか？」

そう言って車のドアを開けると、世莉から「はい」と小さな声が返ってくる。

「……中年デブになんぞ？」

「なっ!?　中年って!?　なにそれ！　神威っ!!」

叫ぶ那智に「知るか」と涼しい顔の神威。そんな景色に思わず「ふふ」と笑ってしまう。

これが見られなくなってしまうのも、瑠璃と玻璃に会えなくなるのも、楓の声を聞けなくなるのも、やっぱり寂しい。そんなことで判断しちゃダメなのはわかっているけど……。

「那智さん」

「なに？　僕はまだ中年なんかじゃっ」

「もう少し、頑張ります」

「そうだよ！　僕は頑張って……、ん？」

「だから、ソフトクリーム奢《おご》ってください」

ニコリと笑う世莉に驚きつつも、那智もフッと笑う。

「いいよ。何味？　神威はバニラ？」

「あぁ？　ソフトクリームなんていらねーよ」

「いいから並んで並んで！」

二人を並ばせて、那智は目を細めた。

「そういう運命なんだね」

「え？」

「何でもないよ、フレイバーは決めた？」

そしてまた、運命の輪が廻《まわ》る――。

この作品は、小説投稿サイト『エブリスタ』の投稿作品に大幅な加筆・修正を加えたものです。

この作品は取材と資料をもとに、日本の神話をモチーフとして創作されたフィクションです。作中に登場するキャラクター・団体、および、神話の一部解釈は創作であり、実在の人物・団体・歴史などとは関係ありません。

お便りはこちらまで

〒一〇二―八一七七
富士見L文庫編集部　気付
桜瀬ひな（様）宛
鴉羽凛燈（様）宛

富士見Ｌ文庫

見《み》習《なら》い巫女《みこ》と不良神主《ふりょうかんぬし》が、世界《せかい》を救《すく》うとか救《すく》わないとか。

桜瀬《さくらせ》ひな

2020年12月15日　初版発行

発行者　青柳昌行
発　行　株式会社 KADOKAWA
〒102-8177　東京都千代田区富士見2-13-3
電話　0570-002-301（ナビダイヤル）

印刷所　株式会社暁印刷
製本所　株式会社ビルディング・ブックセンター
装丁者　西村弘美

定価はカバーに表示してあります。　◇◇◇

●お問い合わせ
https://www.kadokawa.co.jp/（「お問い合わせ」へお進みください）
※内容によっては、お答えできない場合があります。
※サポートは日本国内のみとさせていただきます。
※ Japanese text only

ISBN 978-4-04-073909-0 C0193